TAKE
SHOBO

墓守公爵と契約花嫁
ご先祖様、寝室は立ち入り厳禁です!

日車メレ

Illustration
北沢きょう

JN140266

MOON DROPS

墓守公爵と契約花嫁
ご先祖様、寝室は立ち入り厳禁です！

Contents

イラスト／北沢きょう

墓守公爵と契約花嫁

ご先祖様、寝室は立ち入り厳禁です！

MOON DROPS

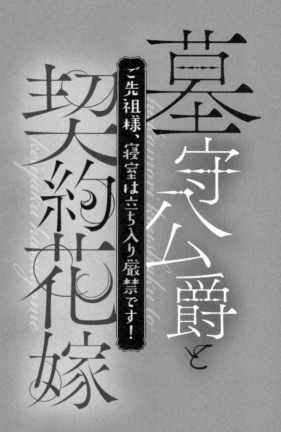

プロローグ　公爵家の花嫁修業は、人には言えません。

紗《しゃ》の天蓋《てんがい》で覆われた薄暗いベッドの内側から、男女のくぐもった声が漏れる。

ミリアムの目の前には、高名な画家でも書き残すことができないほど美しい、銀髪の青年がいた。青年――彼女の婚約者であるサディアスは、ほんの少しだけ眉間にしわを寄せて、ゆっくりと腰を揺らしている。

苦しそうにしているのは、身体に籠もる熱のせいだ。

「……ミリアム、気持ちがいい……このまま貫いてしまいたいっ……」

「んっ……だめ、あっ……んっ、……っ」

ミリアムは目の前で腰を揺らし、敏感な部分に硬くなったものを擦りつけてくる青年のことを、恨めしく思った。そんなふうに言われたら「私も、したいです」と同意してしまいそうだった。

二人は正式に結婚もしていないし、ミリアムの身体はまだ彼を受け入れる準備が整っていない。そう言ったのはほかならぬサディアスではないか。

できるはずのないことを、わかっていて乞うのは卑怯《ひきょう》だ。

ミリアムの拒絶を咎《とが》めるように、彼の動きが速くなる。繋《つな》がらずに快楽を得るためには、女性のほうも意識して動かなければならない。

彼の熱杭を挟み込んでいる太ももにしっかりと力を込め続ける。そして、男の先端が敏感な花芽に当たるように、背中を反らす必要がある。

彼から教わったそのやり方は、とんでもなくはしたない行為だった。こんな姿を見られることに抵抗を示したくても、快楽に弱い彼女の身体は、すぐに負けてしまう。

せめて熱っぽい声をなんとかしたくて、必死に口もとを押さえた。声を抑えると、クチュ、クチュ、という水音と、ベッドが軋《きし》む音が耳につく。まるで、淫らな身体を誤魔化そうとしているのを咎めているようだ。

「……聞かせてくれ。正直なのは、いいことのはず……ほら」

「だ、だめっ！　聞かれるの……だめぇ、うぅっ」

ミリアムは嫌だ嫌だと首を振り、紗の向こう側を見た。壁際にある燭台《しょくだい》の炎が不自然に揺れている。あんなふうに揺らめくのは、窓が開け放たれ、強い風が入り込んでいるときだけだろう。閉ざされた夜の寝室ではありえない。

揺さぶりを少しだけ止めたサディアスが、彼女と同じ方向へ視線をやった。

「……すまない。何百年も生きていると、娯楽が少ないんだろう」

たいしたことではないから気にするな、と言うように、彼はほほえむ。今は少し余裕をなくしているようだが、いつも鷹揚《おうよう》な彼に言われると、ミリアムのほうが狭量で、間違っているような気さえしてくるから不思議だ。

けれど騙《だま》されてはいけない。彼の感覚は、一般常識とかけ離れたところにあるのだと、何度も身をもって体験させられてきたのだから。

「生きてな……いっ！」

天蓋の向こうで揺らめく影の正体は、生きた人間のものではなく、一般的に霊と呼ばれる存在だった。やたらと陽気な彼らは娯楽に飢えていて、二人の閨事《ねやごと》をこっそり覗《のぞ》き楽しんでいるのだ。

ミリアムが冷静に突っ込みを入れると、サディアスが急に真剣な顔になって、ぐっと彼女の脚を引き寄せた。

「些細《ささい》なことだ。……閨事の最中は私だけを見ていろ。私も君のことだけを考える。それでいいだろう？」

突然、激しい律動で腰の動きが再開される。

彼以外の存在を気にするミリアムを、咎《とが》めるような瞳をしている。容赦なく快楽を与えて、もうなにも考えられないようにしてしまうつもりなのだろう。

それでいいと彼は言うが、そういうわけにはいかないのに。

ミリアムは彼らに、寝室へ入らないでほしいと口を酸っぱくして言っている。もうしないと約束したはずなのに、姿を消してこっそり覗き見たり、二人の会話を聞いたりしているのだ。

（絶対にっ、……許しませんからぁ……）

「まだ余裕があるのだな？　なら、遠慮はしない……っ！」

彼女の心がまだ天蓋の外にあると悟ったサディアスが、本気で腰を打ちつけてくる。

秘部に押し当てられた男根が、めちゃくちゃに暴れる。霊たちが、天蓋の中で行われている淫らな遊戯に、聞き耳を立てているのに。

「ふっ……あぁっ！」

ミリアムが恐れているのは、聞かれてしまうことそのものではない。痴態を誰かに晒《さら》しているという恥ずかしさに、余計に感じてしまう身体が嫌なのだ。

「あぁっ、蕩《とろ》けた顔をして……。感じたくないと言っていたのは嘘《うそ》なのか？」

そう言いながら、サディアスはいっそう激しく剛直を擦りつけてくる。

男根というものは先端がずいぶん変わったかたちをしている。サディアスのものしか知らないミリアムには、皆がそうなのか、彼が特殊なのか判断ができない。

その歪《いびつ》な部分が花芽の上を通過するたび、猛烈な快楽が襲ってくる。ミリアムは腰をくねらせて、なんとか踏みとどまろうとした。

「ふぅっ、あぁ……ん！　だめ、だめ……感じたく、ないっ、です。……はぁっ、はっ」

「嘘、だな？」

嘘ではなかった。毎晩こんなことばかりされて、おかしくなってしまいそうなのだ。それなのに、サディアスは嘘だと決めつけて、淫らな婚約者を絶頂に導こうとしている。

花芽を素早く擦られると、だんだんとふわふわとした気持ちになり、考えがまとまらなくなる。身体に熱がため込まれ、それを逃がしたいのにその方法がわからない。

「サディアスさまっ、もう、もうっ……」

サディアスもとっくに余裕を失っている様子だ。何度も短く息を吐き、額から汗をにませ、時々身震いをしている。

歪《ゆが》められた表情のせいで、近寄りがたいほどの美しさが少し消えて人間臭くなった。彼も血の通ったただの男なのだと、ミリアムに教えてくれる。

「うっ、あ……、あぁ——っ！」

あっけなく快楽の頂に昇りつめたミリアムを、サディアスはそのまま壊れるほど激しく攻め続けた。

大きな波が押し寄せて、ぎゅっと彼の欲望を挟み込んだままの脚が、小刻みに震える。絶頂を迎えたあとの花芽は敏感になりすぎて、苦しい。ぎゅっと閉じた瞼《まぶた》のうらがチカチカと光り、いつまでも戻らなかった。

急に押さえつけられていた脚が解放され、サディアスの身体が一瞬離れていく。

「……っ、すまない……私もっ……」

言いながら、サディアスが今度はミリアムの顔のほうに近づいてきて、弾ける寸前の剛直をその小さな唇に押し当てた。

「むぐっ……！」

口に収まりきらないほど大きな男根が無理やり侵入し、次の瞬間には数回痙攣《けいれん》して、勢いよく精を吐き出した。

彼の欲望を口で受け入れることに、もはや抵抗はなくなっている。

それは、サディアスの花嫁に課せられた義務だった。

きっと普段の彼女なら絶対に拒否する。抵抗できないのは、達したばかりで理性が吹き飛んでしまったせいだ。

「そのまま飲むんだ」

「……ん、んん！」

口の中に吐き出された精は青臭く、美味しいはずがない。けれど、ミリアムにとっては強く魅惑的な酒のように感じられる。口に含んだだけで、舌が火傷をしそうなほど熱い。

これを飲み込んだらどうなってしまうのか、想像しただけで恐ろしい。

このあと起きることを知っているからこその恐怖であり、同じだけの期待もあった。

ごくり、と喉を鳴らしてミリアムはそれを飲み込む。一度では、大量に吐き出されたもののすべてを受け入れられずに、二度、三度、と飲み下していった。

すぐにお腹の中がじんわりと温かくなっていく。

「んっ……熱いです。身体が……とても……」

容姿端麗な青年がとんでもない変態だったと知って、最初は婚約を後悔したミリアムだが、今は必要な行為だとちゃんと理解できている。

サディアスが褒美を与えるように頭を撫《な》でて、柔らかくほほえんだ。ずっと見ていたいと思える、優しい表情だ。

どうせなら、精を飲まされているとき以外にこの顔が見たかった、とわずかに残された彼女の理性が訴えていた。

（うっ、そんなに嬉しそうにしなくても。やっぱり変態だわ。……このままじゃ私も、変態になってしまう……！）

ミリアムも彼の精を口で受け入れることに、喜びを覚えつつある。そんな人間になりたくないと思っても、身体は正直だ。

お腹の熱はどんどん下のほうへ移動してくる。まだ一度も受け入れたことがないのに、いずれ繋がるはずの部分が、きゅんと疼《うず》く。熱いというよりひたすらもどかしかった。

「……もう、だめ。……サディアス様、助けて……っ！」

「あぁ、安心しろ。君がこうなってしまったのは私のせいなんだから、いくらでも火照りを静めてやる」

体調さえよければ毎晩行われている花嫁修業は、彼の精を口にしてからがむしろ本番だった。これから、何度も快楽の淵《ふち》に落とされる行為に、耐え続ける必要がある。

吐精したあとの冷静になった彼と、姿を持たない住人たちに見られているのに。

けれどもう戻れない。ミリアムは今夜も羞恥心を捨てて、サディアスのもたらす快楽の海で溺れ、よがり狂うのだろう。

第一章　解雇されました！　新しい勤め先は「墓守公爵」邸です。

ミリアム・アンダーソンは、とある伯爵家の家庭教師だ。住み込みで、この家の十四歳と十二歳のレディたちに行儀作法と一般教養を教えるのが仕事だ。当然、それ以外の職務はないのだが――。

「おやめください、伯爵様」

「……なに、むしろ私の情け心よ。男を知らぬまま萎《しお》れていく野花が不憫《ふびん》でな」

立派な髭《ひげ》を蓄えた男が、ミリアムに迫ってくる。ここは伯爵の書斎で、教え子たちの勉学の様子について、報告をするために訪れていた。それが途中から話がおかしくなった。

雇われるときにも説明したはずの、結婚できない理由を蒸し返され、本当に未婚のまま一生を終えるのかと何度も確認をされた。

ミリアムは、ありきたりな栗色《くりいろ》の髪と、濃緑色の瞳を持つ、どこにでもいる平凡な女性だ。ついでに名前も姓もありきたりという徹底ぶりだった。格別美人というわけではないが、少なくとも今はまだ萎れてなどいない。

そんな彼女が、二十五歳という年齢で結婚を諦めた理由はいろいろとあるが、伯爵家には金銭的な事情だと説明している。

彼女の実家には七人の弟たちがいて、ミリアムの稼ぎがないときちんとした教育を受けられないのだ。

ほかにも人には言えない事情を抱えている彼女だが、職業婦人としての人生をそれなりに楽しんでいた。

仕えている屋敷の主人《あるじ》とは適度な距離を保ち、良好な関係を築いているはずだった。伯爵は紳士で、娘たちの教育に熱心なよき父、そして妻を愛するよき夫のはずだった。

今後結婚する気はないのか、という問いは、娘たちが結婚するまでずっと家庭教師でいてくれるのか、という意味だと彼女は捉えた。

一生独身だと断言すると、それなら都合がいいから愛人になれと迫られたのだ。

「給金も今までの倍にしよう……。実家の生活が苦しいのだろう？」

「お断りします！　なにも聞かなかったことにいたしますから……どうかご勘弁ください。そのようなことをしてしまったら、お嬢様たちと目も合わせられません」

壁際まで追い詰められて、ミリアムはごくりと喉を鳴らす。すばらしい紳士という印象だった目の前の男が、鼻の下を伸ばした、だらしのない中年に見えた。

書斎の出口は遠い。たとえ逃げられたとしても、明日からこの屋敷でどんな顔をして生活したらいいのかわからない。

一歩、二歩、いやらしい笑みを浮かべた伯爵が距離を詰めてきた。季節はまだ春浅いというのに、額を汗が伝う。

頭の中でこの窮地を切り抜ける方法を模索するが、なにも浮かばない。

（あぁっ！　これはまずい。呪いが発動してしまう！）

目の前まで迫った伯爵が、ミリアムの手首を摑《つか》んだ。反対の手がブラウスにかかり、ボタンがはじけ飛ぶ。

鼻息が荒くて、ぞわぞわと鳥肌が立つ。厚めの唇から覗《のぞ》く歯が、葉巻《シガー》のヤニで黒ずんでいる。

その唇が吸盤のようなかたちになり、ミリアムに近づいてくる。

「素直になりたまえ。……悪いようにはしない。むしろ君は、今まで知り得なかった喜びを知ることになるだろう」

「知らなくて、結構です――っ！」

ミリアムが叫んだ瞬間、マントルピースの上に飾られていた高そうな壺《つぼ》が、ガシャリと音を立てて割れた。追い詰められていた壁とは反対側の、誰も触れられない場所にある壺だ。

（や、やっぱり……だめだ。終わった……）

伯爵が大きな音に驚いて、振り返る。

「なんだ急に？」

ミリアムのほうを向いていた伯爵は、壺が割れた瞬間を見ていない。大理石の床に散らばる破片を見たら、なにかの拍子に壺が落下したとしか思えないだろう。

けれど彼女ははっきりと見ていた。壺が意思を持っているように動き、空中で割れ、床に散らばった瞬間を。これが彼女の呪いであり、結婚できない理由の中で一番大きく、誰にも言えない秘密でもある。

つまり彼女の呪いとは、男性が不適切な距離に侵入してくると、なんらかの不幸が襲いかかるというものだった。

過去、下心のある男性がミリアムに近づくと、突然木の枝が落ちたり、突風が吹いて相手のカツラが飛んだりと、必ず不可思議な力が働いた。

相手はミリアムが気になっている人だろうが、変質者だろうが関係ない。

この呪いのせいで、恋はおろか男性とデートすらできないミリアムだが、今回は結果として呪いが彼女を守るほうへと作用した。

「……舶来品の壺が！　なぜだ!?」

落ちた壺はかなり高価なものだったらしい。伯爵が真っ青な顔をして破片に近寄る。

「大きな音がしましたが、どうなさったの？」

書斎の扉が開け放たれ、現れたのは伯爵夫人だった。ミリアムにとっても、伯爵にとっても、最悪な状況となった。

伯爵の顔は、真っ青を通り越して土気色になっている。

「あなた……？　これはどういうことでしょう？　なぜアンダーソン先生がそのような格

好なのかしら？」

ボタンは弾け飛び、シュミーズがチラリと見えている。部屋には男女が二人きり。なにをしようとしていたのか、まったく言い訳ができない状況だ。

「奥様、お助けください。伯爵様が突然――」

「ち……違う！　彼女のほうから誘惑してきたんだっ！　私はなにもしていないっ。それに壺まで」

もし伯爵の言葉が事実なら、ミリアムのブラウスのボタンが飛んでなくなっている理由を説明できない。伯爵夫人が公明正大な人間ならば、ミリアムから誘ってなどいないことは、すぐにわかるはずだった。ミリアムは、伯爵夫人に自分を信じてほしいと心の中で必死に祈っていた。

「お黙りなさい！　あなたという人はっ！　……アンダーソン先生は部屋に戻っていなさい」

夫人は青筋を立てて、割れた壺の前にしゃがみ込んだままの夫を見下ろした。それから、同じような冷たい目でミリアムを一瞥《いちべつ》する。

「……私は、本当になにも」

「いいから！　お下がりなさい。何度も言わせないでちょうだい」

ぴしゃりと言われてしまい、ミリアムは言い訳もできずに、部屋をあとにした。

与えられた私室でブラウスを着替え、乱れた髪を整える。片隅に置かれた椅子に座り、ぼんやりとしていたところで、伯爵夫人と侍女長がやってくる。告げられたのは非情な言葉だった。

つまり、本日中に荷物の整理をして、明日の朝には出て行け、と――。

翌日ミリアムは、紹介状ももらえずに屋敷を去ることになった。解雇理由は、屋敷の主人を誑《たぶら》かした罪と、過失により高価な壺を割った罪だと言われた。

食い下がる彼女に対し伯爵夫人は、大ごとにしたくないから、壺の弁償金は未払いの給金をそれにあてることで手打ちにするという温情を見せてくれた。

壺の件はまったくの濡《ぬ》れ衣《ぎぬ》のようでいて、実際は彼女の呪いのせいなので、文句は言えない。

それに夫人は、ミリアムが誘惑などしていないと察しているはずだ。

けれど、どちらが誘ったかなど、どうでもいいのだろう。夫が浮気をする可能性のある相手が、今後も同じ屋根の下にいることが許せないのだ。

女性としては当然の思考だが、家庭教師の賃金で実家の家計を支える彼女としては、そのまま納得するわけにはいかなかった。

それでも、夫人の言葉を覆す方法をミリアムは知らない。

たとえそんな気がなくても、伯爵が「誘惑された」と主張すれば、真実になってしまう。身分の高い者が言ったことが、そのまま真実になるのが貴族社会だ。

紹介状をもらえなかったのも、ある意味で仕方がない。もし伯爵がすべてを認めたとして、解雇理由に事実をそのまま書いてしまうと、次の職に就ける可能性は低い。どんな理由があっても、屋敷の主人と身体の関係を持つ寸前だった家庭教師など、他家も雇わないだろう。

家庭教師としての能力に問題がないのなら、なぜ解雇されたのかは当然聞かれる。たとえば、教え子が成人したなどの理由であれば、胸を張って屋敷を出て行けたのに。

教え子たちに別れを告げることすら許されないまま、ミリアムは大きなトランクを抱え、石畳の道を歩き出した。

◇◇◇

都の目抜き通りは、朝から賑《にぎ》わいを見せている。これから仕事へ向かう労働者が、軽食喫茶《バル》や屋台で適当に食事を済ませるのだ。

これがもし、朝市の開かれる曜日ならば人出は倍以上になるだろう。

大きなトランクを抱えたミリアムは、人の流れに飲み込まれそうになりながら、目抜き通りを歩く。とりあえず、宿を確保して新しい仕事を探すしかない。

彼女の実家は、都から馬車で東へ一週間ほどの距離の、地方都市リィワーズにある。

一瞬、いっそそこへ帰ろうかという考えが浮かぶが、頭を振ってすぐにその甘えを追い払う。

ミリアムは呪いのせいで故郷では〝魔女〟と呼ばれ、蔑まれている。手紙を出せば、いつも「帰って来い」と返事をくれる家族だからこそ、迷惑をかけたくないという思いがあった。

解雇された経緯を知れば、両親は悲しむだろうし、地方のほうが再就職が難しい。だからこの場に踏みとどまり、新しい職を得る努力をするべきだった。

不安なのは、手持ちのお金が少ないことだ。今月分の給金は壺の弁償代として支払われない。そして必要最低限のお金を残してすべて実家に送っているため、まともな宿に泊まれるのは一週間が限度だった。

落ち込んでいる暇など一切なく、さっそく午前中から職探しをはじめないと、先が真っ暗だ。

それがある意味、今の彼女のやる気に結びついていた。

カツカツと小気味よい音を立てて、ひたすら南に向かって歩く。街路樹の楓《かえで》の葉はまだ柔らかく、光が透過するほど繊細な新緑だ。

「……？」

人混みの中、ミリアムはそこにあってはならないものを見つけた。それは一見すると、ただの人のようで、なにか別のものだ。

（悪しき霊……？）

呪いとの因果関係は不明だが、昔から人ではないものが見えてしまう。大抵の場合、それは霧や霞《かすみ》のようで、はっきりとしたかたちを持たない。どうものか悪いものかはすぐに判断ができる。そして目の前にある霧のような物体はよいものか悪いものかはすぐに判断ができる。

禍々しいほど黒い。どう見ても悪い存在だった。

黒い霧は、小太りの男にまとわりついている。ミリアムの経験では、悪しき霊に取り憑《つ》かれた人間は凶暴になり、おかしな行動をすることがある。

見えるだけで対抗する力など持っていない彼女だが、その男を放っておくことができずに、後を追う。

しばらく距離を保ちながら歩いて行くと、男が人を追っているのだとわかった。

男の前方には、キラキラと光る灰色の髪をした少女がいる。顔はわからないが、レースがふんだんに使われているワンピースから、上流階級の子だとわかる。

年齢は身長から判断すると十歳前後。いくら都の治安がいいといっても、貴族の令嬢が一人で出歩くことなど常識ではありえない。

少女が軽い足取りで路地を曲がると、男もそれに続いた。このままではまずいと思ったミリアムは、荷物を抱えたまま懸命に走り、少女の手を取った。

「失礼ですが、お嬢様はお一人ですか？　危ないので私がお送りいたします」

返事を待たずにミリアムは手を引いて歩き出す。

グレーだと思った少女の髪はよく見るとめずらしい銀髪で、瞳の色はアメジストのような紫だった。髪と同じ色の、キラキラと光る睫毛《まつげ》に縁取られた大きな瞳が印象的な、美少女だ。ドレスも、髪を彩るヘッドピースも、一目見るだけで上質なものだとわかる。

悪しき霊の件がなくても、人さらいに遭うのは時間の問題だった。

「え、あの……？」

急に声をかけられて驚いたのか、少女がきょとんと首を傾げた。

「……落ち着いてください。後ろの男は知り合いですか？」

少女が首を横に振る。とにかく目抜き通りに戻り、騎士か自警団に保護をしてもらうしかないだろう。悪しき霊は人目があると比較的大人しいのだ。

もう一度、路地を曲がったタイミングで走り出すと、男が一気に距離を詰めてきた。

子供と女性の足では、すぐに追いつかれてしまう。

「待てぇ！　……ほしいっ！　ほしいぃぃ」

なにがほしいのか、ミリアムにはよくわからない。わかっているのは、男が正気ではないことと、銀髪の少女を狙っているということだった。

大きな足音がすぐそこまで迫っている。追いつかれるその寸前、ミリアムは踵《きびす》を返し、大きなトランクごと男に向かって突進した。

「ぐがぁっ！」

トランクの角が、男の頬にめり込む。最初からゆらゆらと足取りがおぼつかない様子だった男は、あっさりと倒れて白目をむく。

「……や、やりすぎたかしら？」

もしかしたら過剰防衛だったかもしれないと、ミリアムは男の様子をうかがう。まだ彼の身体は黒い霧で覆われていて、近づく勇気はなかった。

「気絶しているだけで大丈夫のようですわ。……これなら」

制止する間もなく、少女が男のすぐそばにしゃがみ込む。小声で、聞き慣れない不思議な言葉を口にしたあと、ツンと男の額を弾いた。

すると男の周囲を取り囲んでいた黒い霧が、光の粒になって霧散する。

「光って、消えた……」

少女がすっと立ち上がり、ミリアムのほうをまっすぐに見据えた。妙に大人びた表情で、襲われそうになったというのに、怯《おび》えている様子がない。

「お姉様はよい瞳をお持ちですのね！　……それに勇気もおありです。助けていただいてありがとうございました」

ワンピースの裾をちょこんと摘まんで、頭を下げる。そのあとにっこりとほほえむ姿は無邪気で年相応に見えた。

「どういたしまして。それよりも、早く自警団を呼びましょう」

おそらくこの男に罪はなく、あの悪しき霊に操られていただけなのだろう。なぜ少女が狙われたのかはわからないが、先ほど見せた力に関係しているのかもしれなかった。

霊が消えてしまった今、自警団を呼ぶのは気が引ける。起こった現象をそのまま話せ

ば、彼は少女誘拐未遂犯になってしまう。

けれど、気絶したままの男を放置することもできない。打ちどころが悪く、それを放置したせいで死んでしまったら、それこそミリアムが加害者になってしまう。

男には悪いが、彼は誘拐犯であり、こちらは正当防衛だと主張するしかないだろう。

「でしたら、道端で気絶している方をわたくしたちがたまたま発見した、と。……そういうことにいたしませんか？」

ミリアムは、少女が言っていることが信じられなくて、目を見開いた。

到底、誘拐されそうになっていた人物の言うことではなかった。あの黒い霧の正体を知っていて、もう危険がないのだと確信しているからこその発想だ。

少女の言うとおりにすれば、男はすぐに医者に診てもらえるし、罪にも問われない。

「お嬢様が、黒い霧を消したのですか？」

「ええ。ああいった存在は、救いを求めて寄ってくるものなのです。ですが、わたくしの力では、意識のある人間から引き剝がすのが難しかったので、本当に助かりました」

（助けてほしい、解放してほしい……と言っていたのかしら？）

どうやら少女は、その道の専門家であったらしい。あの黒い霧が晴れる寸前、とても清らかな光が周囲を満たしたように感じたのは、勘違いではないのだろう。

「お姉様。自警団の詰め所に寄ってから、わたくしの滞在している場所までご一緒してくださいね？　詳しいお話はそちらでいたします。申し遅れましたがわたくし、ヘイデン公爵サディアスの妹、イヴィットと申します。……〝墓守公爵〟と言えばおわかりかしら？」

それは、現在の王家と同等、もしくはそれ以上の歴史を持つ、建国以来の名家の名だった。

イヴィットと名乗った少女は、キラキラ輝く瞳を向けてミリアムの手を取り、かろやかなステップを踏みながら歩き出した。

◇　◇　◇

自警団に連絡をしたあと、ミリアムは馬車を拾い、イヴィットの滞在している場所まで同行することにした。

お礼を期待しているわけではないが、まだ十二歳だという彼女をきちんと保護者に引き渡さないと心配で気が安まらない。

そしてイヴィットは移動中、公爵家についていろいろと説明してくれた。

ヘイデン公爵家は、墓守公爵と呼ばれる特別な一族だ。

五百年ほどの歴史があるトアイヴス王国の初代国王は、ヘイデン家の祖先にあたる。

当時〝穢《けが》れ〟がこの地に侵食し、それを祓《はら》ったのが初代国王エイブレッド・トアイヴスとその妻である巫女《みこ》だった。

エイブレッドは国が平和になったあと、すぎたる力は災いを生むとし、右腕だった将軍レヴィンズを後継に指名したのち、隠居してしまう。

その息子である初代公爵は、父の意思を尊重し、国名と同じトアイヴスという姓を改め、ヘイデンと名乗ることにした。

これは、当代まで続くレヴィンズ朝に対する配慮だと言われている。

その後もヘイデン公爵家は決して政《まつりごと》には介入せず、初代国王夫妻が眠る霊廟《れいびょう》を守ることと、神殿関連の職務に専念している。

言い伝えでは、初代国王エイブレッドは死してもなお、強い力でこの国の平和を守っているという。

代々の公爵には、初代国王の不思議な力が引き継がれ、今でも霊的な部分で裏側から王国の繁栄を支えている——歴史書にはそう記されているのだが、今代の当主サディアスにはこんな噂《うわさ》もある。

定められた国事にしか出てこない引きこもりで、気難しく、人を寄せつけない、と。

「わたくしは公爵の妹と名乗っておりますが、正確にはただの血縁で、実妹ではありません。公爵家の直系は、お兄様お一人なのですわ。そしてお兄様が引きこもりなのは、大切なお役目があり、長期間公爵領を離れられないからです」

「大変ですね……」

呪いを背負い、霊を見る力を持っているミリアムだが、イヴィットに出会うまで公爵家の歴史や神殿の教えをあまり信じていなかった。

ミリアムが育った町にも神殿があり、神官がいた。けれど彼らは明らかに、霊を見る力を持っていなかった。

ミリアムは、神官にすら自分の力を理解してもらえないせいで、これまで何度も黒い霧の存在に気づかぬふりをした。だから霊廟を守るという公爵家も、神官と大差ないと考えていたのだ。

けれど、実際は大きく違っていた。公爵家の人間は、本当に霊を見る瞳を持っている。そしてただ見えるだけでなにもできないミリアムとは違い、それを祓う力も使えるのだ。

イヴィットは実力があるからこそ、妹と名乗ることが許されているのだろう。

そんな彼女ですら直系でないとすれば、若き公爵サディアスという人物がどれほどの力を持っているのか、計り知れない。

「着いたみたいですね」

馬車が停止し、窓から石の壁が見えた。イヴィットの住まいはおそらく公爵家のタウンハウスだろう。

「いいえ？　まだ先ですわ」

イヴィットの言葉の意味がわからず、ミリアムは窓のそとを確認する。

ちょうど、豪奢《ごうしゃ》な白い隊服を身にまとう騎士が数名、馬車に近づいてくるところだった。彼女はその隊服の色を見て、目を丸くした。白い騎士――それは王宮を守る近衛のものだったからだ。

「少し待っていてください。辻《つじ》馬車では、申請なしに王宮へ入れませんので。ここはまだ入り口で、私の滞在している宮までは距離がございますの」

「おう、きゅ……う？」

「びっくりさせてしまいましたか？　ご安心ください、わたくしの恩人ですもの、誰もお姉様に失礼なことなどいたしませんわ」

言い忘れてしまいました、という態度のイヴィットは、近づいてきた近衛騎士と、なにやらやり取りをしている。

話が終わったところで、ミリアムはここから逃げ出すべく、行動を起こす。

「あの……イヴィット様。私、帰らせていただきます。とても、王宮に入れていただくような服装ではありませんし、たいしたことはしておりませんので」

「わたくしは気にしませんし、誰にも文句を言わせませんわ！」

十二歳の子供に言われても、説得力がない。ここは大人のミリアムがきちんと身分をわきまえて断るべきだった。

順序立てて「王宮に入れるような身分ではない」と説明すると、イヴィットはしぶしぶ納得した様子だ。

「わかりました。無理に引き留めてもいけませんね……。それでしたら、お住まいを教えてくださいますか？　明日、護衛と一緒にご挨拶にうかがいますわ」

「……え、ええっと」

ミリアムは目を泳がせた。教える住所を持たないからだ。この状況で、宿無し職なしだと告げるのはさすがに気が引けた。たった十二歳の少女に恩を売り、職を得るためにここまで着いてきたわけではない。

「そういえば、ずいぶんと大きな荷物をお持ちですのね。もしかして旅をしていらっしゃったのかしら？」

「いいえ、事情があり勤めていたお屋敷を出てきたのです」

「まぁ！　では、まだ泊まる場所が決まってらっしゃらないのでは？　でしたらわたくし、お姉様とこのままお別れするわけにはまいりませんわ。絶対、絶対に！　帰しませんから」

十二歳とは思えない大人びた言動をするイヴィットが、子供らしく目を潤ませて、懇願する。

「ねぇ、騎士様？　わたくしの恩人であれば王宮に入る権利がありますよね？」

イヴィットが、馬車の近くで成り行きを見守っていた騎士の一人に声をかける。

「もちろんでございます、巫女様」

即答だった。〝巫女様〟というのは彼女に与えられた身分だろう。ヘイデン公爵家は代々、神官の長よりも神殿内での位は高いらしい。それは初代国王の血筋に対する敬意で、名誉職だとばかり思っていたミリアムだが、実際は違うのだろう。

「ね？　大人の騎士様が言うのですから、大丈夫ですわ」

これ以上の抵抗は、騎士たちの任務の妨げにもなる。ミリアムは諦めて、イヴィットの提案を受け入れ、生まれてはじめて王宮の門をくぐった。

◇◇◇

イヴィットが滞在しているという宮で、ミリアムは予想以上の歓迎を受けた。

テーブルには、二人では絶対に食べきれない量のお菓子が並べられている。チョコレートや焼き菓子、それからクリームをふんだんに使ったケーキ。給仕には二人の女官がついている。

普段、令嬢たちの茶会を見守る立場の彼女にとって、奉仕される側は落ち着かない。家庭教師という立場上、茶会のルールには詳しかった。失礼のないように注意をしながら、イヴィットとお茶を楽しむ。

それから改めて名を名乗り、出身地や父親の職業、そして昨日まで勤めていた家の話などをした。

冷静に考えると、身分の不確かなミリアムを王宮に連れてきてしまったイヴィットは、かなり迂闊《うかつ》に思える。

一人で出歩いていたことといい、王族と同じくらいに身分の高い、特別な家の令嬢としては問題だ。ミリアムはお節介だという自覚をしつつ、職業病でつい注意をしてしまう。

「あら、だってお姉様はとてもよい瞳をお持ちでしたから、お話がしたかったのです。わたくし、人を見る目はあるつもりです。……わたくしの瞳も、特別ですから」

大きなアメジスト色の瞳は、霊の存在以外にもなにかを感じる能力がある。そんなことをほのめかしていた。

「それで、お姉様はどうして無職になってしまったのでしょうか？」

ミリアムは子供にどう説明していいか迷い、言葉を選びながら、かいつまんで話す。まさか、伯爵に肉体関係を迫られたなどという事実を、そのまま告げるわけにはいかない。

「お仕えしていたお嬢様や奥様との関係は良好だと思っておりました。ですが屋敷の主人である伯爵様と……その、人生観に決定的な相違がございまして。私にも譲れないものがありましたので、屋敷を去ることになりました」

「人生観……なるほど。つまり、その伯爵から愛人になるように迫られたということなのですね？」

十二歳の少女から飛び出した〝愛人〟という言葉に驚き、彼女は持っていたカップを落としそうになった。

利発なことは間違いがないのだが、イヴィットという少女は妙にませていた。

「助けてくださったお礼に、新しい職をご紹介するというのはどうでしょうか？」

「大変ありがたいのですが、……もう一つ、イヴィット様に聞いていただきたいことがございます。じつは、私、呪われているんです。その件が解決しないと、新しい勤め先でも同じような結果になるかもしれません。図々しいお願いですが、もしなにか対策があれば教えてくださいませんか？」

呪いの件が解決しないまま、雇用されても同じことの繰り返しだ。運良く女主人しかいない家庭に雇われても、男性の使用人や客人と接する機会はあるはずだ。

公爵家に職を斡旋《あっせん》してもらえるのなら心強いが、だからこそ公爵家の信頼を損ねる不安要素を知らせずにいるのは不誠実だ。

「呪い？　そんなはずはないですわ！　お姉様が呪われているはずありません」

「そうですか……」

あまりにイヴィットがきっぱりと言ったため、ミリアムは落胆した。はじめて不思議な力を理解してくれそうな人物に出会えて、期待していたのだ。

「ごめんなさい、決めつけるのはよくありませんでした。どういった呪いなのでしょうか？」

「男性が、好意や邪な感情を持って接触してくると、必ずなにか起こるという〝一生独身の呪い〟です」

呪いの存在に気がついたのは、十四歳のときだった。その頃、年の近い男性からデートに誘われ、手を繋《つな》いだ途端にとんでもないことが起きた。ミリアムにとっては恋心になる前にすべてが終わった苦い経験だった。

以降、男性と親しくなりかけると必ず呪われ、痴漢に遭ったときも発動した。

不思議なのは、男性に触れることが絶対条件ではないという事実だ。

たとえば町医者の診察を受けたときや、ダンスの練習のときなどは、男性に触れても呪われなかった。呪いは、恋心や不埒《ふらち》な考えに反応しているように思えた。

そして、この呪いのせいで、ミリアムは故郷にいられなくなったのだ。

「一生独身の呪い……そ、それは大変ですね……。そうですの……」

イヴィットのかわいらしい唇が小刻みに震えている。目は泳ぎ、急に歯切れの悪い言葉になった。荒唐無稽な話に、ふき出しそうになるのをこらえているのだろう。

「変なお話をしてしまい、申し訳ありません」

「お姉様を疑っているわけではないのです！　……わたくしも霊や不思議な現象についてなんでも知っているわけではありません。たとえば、先ほどの悪しき霊も、完全に人と同化している場合には見えなかったりしますの」

イヴィットは頬に手を当てて、時々首を傾げ「うーん」と言いながら考えごとをしている。そして、急にパッと明るい表情になり、ミリアムの手を握った。

「素敵なことを思いつきました。公爵家がお姉様を雇用いたします。わたくしの家庭教師になってください」

「申し訳ありませんが、私にその能力があるとは思えません」

イヴィットは明らかに、大人顔負けの教養がある。ミリアムの力を必要としているとは到底考えられない。

「そんなことはありませんわ！　……公爵家は特殊な場所にあって、普通の人は入れないのです。お兄様と二人きりで……わたくしいつも寂しくてっ……うぅっ。せめて話し相手でもいれば……うっ……。お姉様のような方に来ていただきたいのです」

彼女は急に声を詰まらせて、レースのハンカチで目もとを覆う。

イヴィットの言う「お姉様のような方」の意味は、特殊な瞳を持った人間ということだろう。だとしたら、彼女が寂しがるのも頷《うなず》ける。

出会ったばかりのミリアムに、幼い少女が執着するのは当然だった。

「イヴィット様……」

「人手不足の屋敷ですから、家庭教師以外のお仕事をお願いするかもしれませんが……。それでも公爵家に来てくださったら、お兄様にも相談できますし……ね？　そうしてくださいませ。霊は出ますけれど、安全ですし、お給金もいっぱいでますよ」

彼女を助けたといっても、本当のところイヴィットは一人で対処できた可能性が高い。それなのに、公爵家に雇われるというのはすぎた報酬だと思い、ミリアムとしては気が引けた。

けれどイヴィットの話し相手として必要ならば、妙なプライドで断って、彼女を悲しませることになんの意味もないように思えた。

ほかに仕事の当てなどないし、紹介のない職探しがどれだけ大変か、ミリアムはよく知らない。弟たちの教育費は待ったなしの状況だ。

（お……お給金。……べ、べつにお金だけが理由じゃないわ！　お金が必要なのは事実だけれど……）

それに人ならざる者の存在を誰よりも知っている公爵家ならば、ミリアムの瞳も、呪いのことも、隠さずに暮らせるはずだ。

「わかりました。どうかこれからよろしくお願いいたします」

望んでいた生活が手に入るかもしれない期待に胸を膨らませ、ミリアムは新たな雇い主の少女と握手を交わした。

「巫女！」

和やかな雰囲気を、野太い声が壊す。ドンと扉が開かれ、長衣の男が入ってきた。年齢は四十代くらいで、剃髪《ていはつ》し帽子をかぶっている。服装から高位の神官だとわかる。

小柄で痩せ気味。不健康そうな身体からは予想もできないほど、大きな声だった。

「どうなさったのかしら？　無作法ですこと。しかも神に仕える者が、レディの部屋に無断で立ち入るだなんて」

イヴィットの声は刺々しく、目の前の神官を嫌っているのだと、はっきりと態度で示している。

彼女でなくても、同じ感想を抱くだろう。ミリアムの身分がどうであれ、来客中に突然現れて、大きな声を出す人物に好感を持てというのは無理な話だ。

「本日の予定をお忘れですか！　どれだけお探し申し上げたか……ん？　その者は？」

くぼんだ大きめの目が、じろりとミリアムをにらんだ。

「危ないところを助けていただいたので、せめてものお礼に、おもてなしをさせていただいているだけですわ」

「……身分の不確かな者を王宮に連れ込むなど、いくらなんでも勝手がすぎますぞ！　それに今はのんびりお茶を飲んでいる時間ではありません。大神殿に候補が集められているというのに、今までどちらにいらっしゃったのですか！」

「名簿をいただいた時点で、会う必要はないと申しました。……神官の娘や血縁ばかりを集めても意味はありませんもの。ドラモンド殿が霊廟や公爵家を担当する神官であると一応認識はしておりますが、あなたの仕事はあくまでも補佐であって、わたくしたちの管理ではないわ。思い上がりもほどほどになさって」

要するに、ドラモンドという神官は、大神殿に人を集めていて、その者たちをイヴィットに引き合わせるつもりだった、ということだろう。

けれどイヴィットはそれを拒否し、煩わしいから王宮を抜け出した……というのが、一人で出歩いていた理由らしい。

「まさかこの者に資格があるとでも？」

「……ねぇ、もう一度説明しないとおわかりいただけないのかしら？　公爵家は初代の意思に従い、現王家以外、誰からの指図も受けません。わたくしは今、お客様のおもてなしをしているの」

少女には、逆らえない威厳のようなものが感じられた。

それに圧倒されたのか、ドラモンドがぶつぶつと不満を言いながら出て行った。

嵐のようにやって来て、すぐに去って行く——本当に忙しない人物だった。

「……驚かせてしまってごめんなさい。じつはあの方、ご自身と繋がりのある娘を公爵家に嫁がせたくて仕方ないらしいんですの。お兄様よりわたくしのほうが懐柔しやすいとでも思っているのかしら？」

先ほどの説明では、特殊な場所にある公爵家には特殊な才能がないと入れない、ということだった。ミリアムは今まで、霊が見えることを数人にしか打ち明けていない。彼女のような人物は少ないだろうし、いても能力は隠すはずだ。

使用人候補と出会うだけでも幸運が重なった奇跡のようなものだから、花嫁候補はもっと大変なのだろう。

「神官の血縁なら、顔を会わせたことのある女性ばかりだから、意味がないんですの。時間の無駄だと言っても、全然聞いてくれません。……本当に、お耳がついているのかしら？」

ふぅ、とため息をついたイヴィットに、給仕係が新しいお茶を運んできてくれた。

ミリアムは家庭教師として雇いたいと言うイヴィットの言葉を信じ、偶然の出会いがもたらした幸運に感謝した。

第二章　出会っていきなり求婚されましたが、旦那様は天然です。

公爵邸は都から馬車で半日のルーセベルクという場所にある。初代国王の霊廟《れいびょう》はルーセベルク山にあり、山全体が特別な許可を得た者しか入れない聖域とされている。

麓《ふもと》には公爵邸、少し離れた場所に町がある。

今でこそ田舎だが、ルーセベルクは五百年前まで、この国の都があった場所だ。

公爵邸は古城という言葉がぴったりの趣のある建物だ。地形的に霧がかかりやすく、荊《いばら》が絡まるその城は、霊が出てもおかしくない雰囲気だ。

（というか、ものすごいたくさんいますが……）

霧に紛れてふわふわと淡く光るものが漂っている。それも一つ、二つ、ではない。境目が曖昧《あいまい》で数えづらいがエントランスだけでも十体はいる。

「本当に、聖域……なのですね」

事前に霊が住んでいると聞いていたミリアムでさえ、驚きを隠せない。けれどここにいる霊は、どれも負の要素がなく、楽しそうに宙を漂っている。

時々近寄ってきては、挨拶するような素振りを見せるので、彼女は丁寧にお辞儀をした。

「町で出会う者たちとは違います。……善い霊？　を見たのは久しぶり……そういえば、いつ以来だったかしら……」

黒い霧はなにか強い思いを残して散った人の魂だ。死ぬ間際まで抱き続ける未練というのは、大抵負の感情を伴っている。

だから霊は、基本的に悲しい存在だ。ミリアムは今まで彼らが見えるだけで、なにもしてあげられることがなかった。

イヴィットに出会って、はじめて彼らが救い――つまり、消滅を望んでいるのだと知った。

どれだけ記憶を辿《たど》ってもミリアムが覚えている彼らの姿は黒い霧で、いつ白い光を見たのか思い出せない。

「屋敷の住人たちは歓迎しているようですわ」

「それならよかったです」

彼らの言葉はミリアムにはわからない。巫女《みこ》と呼ばれるイヴィットなら、意思の疎通もできるのかもしれない。

「お帰りなさいませ」

奥の扉が開き、二人の人物がエントランスホールへやって来た。

「グレース、ダレン。ただいま戻りました。こちら、わたくしの家庭教師兼、話し相手として来ていただいたミリアム・アンダーソン様ですわ」

「まぁ、そうでしたか。仲良くいたしましょうね。ミリアムさん」

グレースはお仕着せにエプロン姿の女性で、服装からこの屋敷のメイドだとわかる。綺《き》麗《れい》な黒髪を結い上げて、メイドキャップをかぶっている美しい人だった。

年齢は三十代くらいで、ミリアムよりは上だろう。お仕着せの上からでも豊かな胸が隠せない、色気のある人物だ。

「よろしくお願いいたします、グレースさん」

グレースに続いて、燕《えん》尾《び》服の紳士がにこやかに笑い、軽く礼をする。

「家令を務めるダレンと申します。この屋敷の使用人は私たち二人だけですので、いろいろと不便もあるかもしれませんが、わからないことがあればなんでも聞いてください」

ダレンはグレーの髪の四十代くらいの紳士だ。すらっとした体型で、黒の燕尾服をきっちりと着こなしている。眉は太めで、男らしい印象だが、清潔感もある。

霊――と思われる光を背後に背負ったイヴィットたち三人は、神々しいほど美しく、平凡な容貌のミリアムは萎縮してしまう。

そして、使用人が二人だけという言葉に驚いた。

ミリアムはエントランスホールを見回す。かつて王族が住んでいた城だったというだけあって、かなりの広さがある。

窓は大きく、はしごを使わなくては掃除ができないだろう。高い天井から吊《つ》るされた豪華なシャンデリアなど、どれぐらい管理が大変なのかは想像ができる。

たった二人で維持しているとは思えないほど、屋敷の内部は整然としていた。

「それではこれからは、お二人のご負担が少しでも減るように、精一杯努めさせていただきます」

彼らは家令とメイドだと自己紹介をしていたが、きっといくつもの役割を兼任しているに違いない。いくら住人が公爵とその妹の二人だけでも、かなりの負担になるはずだ。

だからミリアムは、家庭教師兼、話し相手兼、家事メイドくらいのつもりで、ここでの暮らしをはじめようと決意した。

「……なんと、健気な……くっ！」

ダレンがハンカチを取り出して、目もとを押さえている。使用人が一人増えただけで感動するのだから、本当にこの屋敷は万年人手不足なのだろう。

「ところで、お兄様はどちらに？」

「残念ながら、三日前から小旅行へ……。いつものことです」

ダレンは涙を拭いながら答えた。

「公爵様はご不在なのですか？　お帰りになって私がいたら、驚かれてしまわないか心配です」

結局、未成年のイヴィットの希望だけで、屋敷の主人に断りのないまま、ここでの生活をはじめようとしている。

公爵は気難しい人物だ、という噂《うわさ》もあり、ミリアムはそのあたりが不安だった。

「ええ。驚くでしょうけれど、お姉様のことは大歓迎に決まっていますわ」

「そうでしょうか……？　ところでイヴィット様。私のことはどうぞ名前で呼んでください」

彼女はなぜかミリアムを「お姉様」と呼ぶ。家庭教師なら「先生」、使用人なら呼び捨てだ。年齢的にも仕えている年数も上のグレースとダレンが呼び捨てなのだから、当然ミリアムもそうなるべきだ。

屋敷に勤める者として、けじめというものがあるだろう。

「嫌ですわ！　わたくし、助けてくださったあのときから、お姉様とお呼びすることを決めていますの」

「ミリアムさん。この屋敷の者は身分を問わず皆家族だと思えばいいんですよ。かしこまらずに、ね？」

グレースが片目をつむってみせる。「家族」という言葉は、生家から離れ、一人で生きていくことを決めたミリアムを、懐かしく切ない気持ちにさせた。

同時にここでならもしかして、という期待も抱かせる。エントランスホールに漂う霊たちも、グレースの言葉に同意するように、くるくると楽しげに回った。

◇◇◇

長旅の疲れをお茶で癒したあと、グレースが屋敷を案内してくれた。

屋敷の大きさに比べ、明らかに住人が少ないため、まるごと使われていないフロアもある。そういった場所を一人で歩くのは、さすがのミリアムも少し恐ろしい。

調理場や洗濯室、図書室や公爵の書斎など一通りの案内を受けながら庭園へ出る。

公爵家の庭園はかなりの広さがあるのに、きちんと管理されていた。これで専属の庭師がいないというのだから驚きだ。

荊が絡まる外壁は、一見手入れがされていないように見える。けれど古城の雰囲気を演出するために、あえて残しているのかもしれない。

霧の多い地形のようだが、日中の晴れ間に庭園でお茶をするのも楽しそうだ。

一通りの案内が終わると、グレースは、ミリアムの私室まで案内してくれた。

「ミリアムさんのお部屋はこちらです。廊下を挟んだ向かいは巫女のお部屋になっています」

グレースが嬉《うれ》しそうにバーンと扉を開く。

その先に広がっていた光景に、ミリアムはしばらく呆然《ぼうぜん》となった。

「気に入っていただけましたか？　ふふっ、素敵でしょう？　かわいいでしょう？」

照明は小さめのシャンデリア、金の縁取りがある家具、ふかふかの絨毯《じゅうたん》に大きなベッド。そこはまるで物語に出てくるお姫様の部屋だった。

ファブリックはミントグリーンのストライプと花。明るく、そしてずいぶんとかわいらしい印象だ。

「え……？　あの、ここは……」

「どうかされましたか？」

「……とても使用人の部屋とは思えません」

イヴィットの向かい、という部屋の位置からも推測できるが、この部屋は客間ですらない。正式な公爵一家の誰かに与えられるべき場所だった。

「じつは、ここしかすぐに使える部屋がないのです。遠慮なさらずに、どうぞ」

屋敷の部屋数は、二十以上あるはずだ。使っていない部屋は換気や掃除を行わないとだめだというのはわかる。だとしても、この部屋を使うくらいなら、いっそ納戸でもかまわないとすら考えた。

「掃除なら今からでも私がしますから、どうか使用人用の部屋を一つ、くださいませんか？」

それでもグレースは首を横に振る。

「ミリアムさん。使用人用の部屋があるフロアは、現在使っていないのです。お一人で眠れますか？　暗い、怖い……寂しいなら誰かが付き添いますけれど？」

彼女が手をかざすと、「その誰かというのは、私だ！」と主張するように霊がグレースの周囲に集まった。

豪華な部屋を使わせてもらうか、誰もいないフロアで霊と過ごすかの二択を迫られたら、答えは決まってしまう。

「ありがたく、今日はこの部屋を使わせていただきます」

部屋の中にはすでにミリアムのトランクが運び込まれている。内部には三つの扉があった。彼女はその一つ一つを確認していく。

一つ目の扉の先にあったのは衣装部屋、もう一つは浴室だった。反対側の壁の最後の扉に手をかけたが、ドアノブは回らない。

「この扉は？」

「ああ！　そこは開かないようになっています。……古い建物ですからね？　ふふっ」

現在は開かないということのようだが、以前はなにがあったのだろうか。そんなことが気になるミリアムだったが、深く追求しないまま夜を迎えた。

夕食はイヴィットと一緒にとる。どうもこの屋敷での立ち位置がおかしいのではという疑問を抱きつつ、美味しい食事に舌鼓を打つ。

調理担当だというダレンに礼を言ってから、私室に引き上げようとした。

「ミリアムさん。湯の用意が整いましたので、冷めないうちにゆっくり浸かってください」

「私室にですか？」

「もちろんです」

食事の支度と給仕と風呂の支度――ダレンもグレースも優雅な立ち振る舞いで、働いている素振りを少しもみせない。それなのに、屋敷のことをすべてこなしているのだ。

（この二人、どれだけ有能なのかしら？　見習わなくては……）

初日とはいえ、ミリアムはまだここではなんの仕事もできていない。家族だというのなら、余計に一方的にもてなしてもらう関係から、早く脱却できるように努力するべきだ。

ミリアムはもう一度、ダレンに礼を言ってから、せっかく用意してくれた湯が無駄にならないように、急いで私室に戻ることにした。

「そうそう。一つ重要なことを。……浴室までついてくる霊は九割の確率で〝エロおやじ〟です。どうぞお気をつけください」

「は、はい……」

もしそうだとして、鍵が閉まっていても入ってくる相手に、どう対処すればいいのだろうか。そう心の中で突っ込みを入れる。

そして、霊にも性別があるのだと知り、少し楽しくなってしまった。

（……そういえば私、どうして彼らが〝霊〟だと知っているのかしら？）

町で時々見かける黒い霧も、この屋敷の住人の白い光も、イヴィットたちが霊だと言っているのだから、間違いはないのだろう。

けれど、人ならざる存在でも悪魔や妖精、化け物など、呼び名はいろいろとあるはずだった。

誰かに教わった気がするのに、それが思い出せない。ミリアムはイヴィットと出会ってから、なにか重要なことを忘れているようなもどかしさを感じていた。

◇◇◇

私室の浴室にはたっぷりと湯が張られている。ミリアムは腕を差し入れて温度を確認したあと、さっそく服を脱ごうとした。

それから周囲を見回すと、案の定浴室の隅に淡く光を放つ物体が見え隠れしていた。

「あの、出て行っていただけませんか？」

ダレンの言うことが本当なら、この霊は男性で〝エロおやじ〟なのだろう。話しかけると、一度ギクッとしたような反応をしてから、スッといなくなった。

（……と思ったら、少しだけ光っているし）

しばらくそのまま観察していると、もう一体の霊が現れた。あとから来た霊は、隠れている霊に向かって、お説教でもするかのように周囲を飛び回ったあと、淡く光る腕を伸ばして、相手を拘束した。

「……あ、ありがとうございます」

そのまま、ズルズルともう一体を引きずりながら壁の向こうへ消えていく霊に、思わず礼を言う。

はっきりとは見えないが、あとから来たほうは女性で、〝エロおやじ〟をたしなめてくれたような気がしたのだ。

ここにいる霊たちの異質さには驚かされるが、おかげで楽しく暮らせそうだ。そんな感想を抱きながら、ミリアムは疲れた身体を温かい湯で癒やした。

◇　◇　◇

慣れない部屋で眠ったせいだろう。ミリアムはまだ薄暗い時間に目を覚ました。

二度寝はできそうもないと思った彼女は、ベッドを整えて着替えをした。邪魔にならない程度にフリルのついたブラウスにスカート、ベストというものの服装だ。今日はその上から白いエプロンを身につけた。

イヴィットの勉強をみるには、まだ早すぎる時間なので、まずは屋敷の掃除など、できることを手伝おうと考えた。

仕事の邪魔にならないように、きっちりと髪を結い上げると、自然と気持ちも引き締まる。

まずはそとの空気を吸おうと庭園に出る。わずかに霧がかかるが、草の香りが清々しく感じられる朝のはじまりだった。

途中で出会う霊に朝の挨拶をしながら、ミリアムはちょっとした散歩を楽しんだ。

「あれ……？　ほうきが置きっぱなし」

広い庭園に、ぽつんとほうきが置かれ、枯れた草花が中途半端に散乱している。グレースかダレンのどちらかが途中まで作業をして、そのままになっているのだろう。

ミリアムはさっそくそのほうきを拾い上げて、仕事を引き継ごうと気合いを入れた。

「……君は？」

急に声がかけられる。ミリアムが驚いて振り向くと、そこには青年が立っていた。さらさらの銀の髪に、青い瞳の二十代後半の人物だ。

はっきりと男性だとわかるが、ミリアムが今まで出会ったどんな美女よりも「美しい」という言葉が似合う。彼が立っているだけで妖精の国にでも迷い込んだのではないかと思えるほど、周囲の景色が違って見えた。

じっくり十秒ほど見とれていたミリアムだが、名前を問われていることを思い出し、急いで頭を下げた。

イヴィットと同じ髪の色や、屋敷に出入りできる人間が限られていることから推測して、彼の正体は明らかだった。

サディアス・ヘイデン。墓守公爵と呼ばれている二十七歳の青年にほかならない。

「おはようございます。私はこのたびイヴィット様の家庭教師として――」

「ミリアム」

名乗る前に、言葉が遮られた。小さな声でもはっきりと聞き取れるテノールで、ミリアムの名を口にした。

「ミリアム・アンダーソン」

「ご存じでしたか？」

一昨日からいろいろなことがありすぎて、昨晩は早くに眠ってしまった。遅くに帰宅したサディアスに、ほかの使用人がミリアムのことを話したのだろう。

彼女が、きちんと挨拶をしようと口を開きかけたとき——。

「……ミリアム。一目惚《ぼ》れだ。私と結婚してくれ……今すぐに」

「は……？」

彼は無表情だった。だからミリアムは、言葉は聞き取れているはずなのに、意味がまったく理解できなかった。

「結婚してほしい。もう待てない」

聞き間違いではなく、なぜかサディアスは求婚している。ようやく言葉の意味を理解したミリアムだが、結局わけがわからないままだ。

「ごご……ご冗談を」

「いたって本気だが？　私は生まれてこのかた冗談を言ったことがない」

なぜ疑われているのか理解できない、と言うように彼は首を傾げた。出会って一分、無表情で求婚されて本気にする者のほうがおかしいだろう。

「私は結婚などできませんので、からかわないでください！」

ミリアムがきっぱりと告げると、彼は捨てられた子犬のようにしょぼんとなった。

◇◇◇

その後も、納得できない様子でプロポーズを繰り返すサディアスに、ミリアムは結婚できない理由を丁寧に説明した。

まずは、実家の弟たちのために仕送りをしたいということ、そして呪いの件だ。

呪いの話になると、サディアスはじっとミリアムの顔を覗《のぞ》き込み、前髪を勝手に持ち上げて、額のあたりを見つめながら首を傾げ考え込んでいた。

「呪われていて、結婚できない……だと？　そんなはずはない。君の魂は誰よりも美しいし、一点の曇りもない。そのようなものが入り込めるとは思えないが？」

トアイヴス王国の中で、もっともこの手の話に詳しいはずのサディアスにまで呪いではないと断言されて、ミリアムは肩を落とす。

けれどここで「そうですか」と諦めてしまっては、この先ずっと自分は呪われたままだ。せめて話だけでも聞いてもらおうと、もう一度勇気を出して口を開く。

「……聞いてください。私は間違いなく、一生独身の呪いをかけられています」

彼はただ黙って頷《うなず》いて、話の続きを促した。それに安堵《あんど》したミリアムは、はじめて呪いに気がついた事件から、降りかかった数々の不幸を順に語る。

「十四の時、近所の商家の次男と収穫祭に行く約束をしたんです。手を繋ごうとしたら、いきなり木の枝が落ちてきて……」

「まさか、怪我を？」

「いいえ。大量の毛虫がついている木でした。……そのあとのことは思い出したくありません」

そのときは偶然だと思っていた。二人ともひどい有様で、到底祭りを楽しむ気になどなれず、それぞれの家に帰ったのだ。

結局、商家の次男とは三回デートを試みて、三回目で疎遠になった。そのあたりからじわじわと悪い噂が流れ、さらに何度か同じような目に遭ってからはじめて、自分は呪われているかもしれないと自覚した。

「そうか……」

不自然なほどに事故に巻き込まれるミリアムを、周囲の人間がどう思ったか、誰にでも簡単に想像がつくだろう。魔女と呼ばれるようになるまでに時間はかからなかった。

だから彼女は、家族と離れ一人で暮らすようになった。彼女がいると、家族まで呪われているのではないかと疑われるからだ。

父親の伝手で、運よく都にある女学校の助手という仕事をもらい、女性しかいない環境のおかげで平穏な日々を送った。

「女学校教諭の助手をしていたときに、同僚が寄宿学校の職員との交流の場を設けてくれたんです」

男性と接することを避けていたミリアムだったが、真面目な意見交換会だからと言われて参加をした。けれど実際には、若い教師や教師のたまごたちの、出会いの場だった。

同僚の一人が、男っ気のなさすぎるミリアムによかれと思って嘘《うそ》をつき、連れて行ったのだ。

「店で食事をして、ある方が夜道は危険だからと借りている部屋まで送ってくださったんです。肩に触れられた瞬間、店の床が抜け落ち、相手が捻挫を……。彼は同僚に抱えられながら帰っていきました」

男性陣が捻挫した青年を連れ帰ることになり、まだ飲み足りなかったり、お目当ての男性との会話を楽しんでいた同僚たちは、きっとがっかりしたはずだ。

床が抜け落ちた原因は私です、などと告白できるはずもない。ミリアムは、平謝りする店主に、心の中で謝罪し続けた。

故意でないとしても、事故が起こる可能性をわかっていて、対策をしないのは罪だ。

それ以降、ミリアムは少なくとも自らの意思で男性に近づくことをやめた。痴漢に遭ったり、言い寄られたり、その後も何度か事故は起こったものの、都での生活はつい先日まで順調だった。

ミリアムが伯爵家に勤めることになったのは一年前のこと。それまで勤務していた女学校の院長からの推薦だった。

基本的に二人の娘や伯爵夫人、女性使用人としか関わらないため、あのような事件が起きる可能性など考えなかったのだ。

「でも、悪いことばかりではないかもしれません。先日、お屋敷の主人に愛人にならないかと迫られましたが、高価な壺《つぼ》が割れたおかげで、逃げることができました。……代わりに、職を失いましたが……」

痴漢の件や伯爵の件では、ミリアムを守る方法に呪いが作用した。呪いはまるで、ミリアムから男を遠ざけたいようだった。

「……………」

「これが呪いではなくて、なんだというのでしょう？」

話しているあいだに感情が昂《たかぶ》り、段々と目頭が熱くなる。

望んでもいないのに、不幸が降りかかる。周囲に迷惑ばかりかけているのに、どうすることもできない。今までどれだけ歯痒《はがゆ》い思いを重ねてきたのだろう。

「少し、触れてみてもいいだろうか？」

そう言ってサディアスが手を伸ばす。

「呪われてしまいます！　……私、それで人に嫌われるのがとても……」

「私が君を嫌うことはないよ。私がそうしたいと思ってするのだから、気にすることではないだろう」

ポロリ、と彼女の瞳から涙がこぼれた。呪われているはずがないと断言しながらも、きちんと話を聞いてくれて、現象を確認しようとしてくれるその姿勢が嬉《うれ》しかったのだ。

◇◇◇

サディアスは親指でこぼれた涙を拭ったあと、ミリアムの頬を手のひらで包み込むように優しく触れた。

青い瞳の中に、泣いている自身の姿が映っている。それに気がついたミリアムは耳まで真っ赤になった。

「やはりな。……少なくとも、私が触れても呪いは発動しないようだ」

「え……？　それは、公爵様が私に邪《よこしま》な感情を抱いていないからだと思います。昔、お医者様の診察を受けたときは大丈夫でしたから」

呪われないのはよいことのはずなのに、ミリアムはなぜか落胆した。彼の求婚は、少なくとも恋心を伴っているものではないと思ったからだ。

けれど真摯に自分の話を聞いてくれる態度と、求婚が嘘であるという部分がちぐはぐで、ますますサディアス・ヘイデンという青年がわからなくなった。

「いや。私は今まで君が出会ったどんな男よりも、邪な感情を抱いて触れているが？

……私だけが呪われないのだと考えたほうが自然だ」

真顔で「どんな男よりも、邪な感情を抱いている」と断言されても、すぐには納得できない。自慢話のように、堂々と言うことでもないはずだ。

けれど彼は、そんなことはお構いなしで、ミリアムの腰に手を回し、ペタペタといろいろな場所に触れた。

「どうしてそんな自信が？」

「……そ、そうだな」

サディアスは困った顔で考え込む。そしてしばらく時間を置いてから再び口を開いた。

「……聞きたいのだが、もし原因がわかったとしたら、君はどうしたい？　たとえば誰かが、君をその……故意に、呪いの力を授けたのだとしたら……？」

結局ミリアムの問いには答えず、妙に歯切れの悪い言い方だった。

「私に呪いをかけた人がいるのなら、絶対に許せません」

自分がなぜ呪われているのか、ミリアムにはまったく思い当たる節がなかった。

生まれ持ったものなのか、それとも知らないあいだに誰かの恨みを買ったのか。もしくは霊が見えることと関係があるのか。

それがもし、人為的なものならば相手を憎く思うだろう。

「復讐《ふくしゅう》する……のか？」

「ええ、もし呪った犯人がいるのならの話ですけれど。今まで味わったことを百倍にして返してやります！　それでも決して許せませんが、少しはすっきりするかもしれませんね」

ミリアムの魂が美しいと、彼は言った。ミリアムには、その感覚は理解できない。サディアスは絶対に間違っている。彼女は、誰かを憎んだり妬んだりできる普通の人間だ。特別な瞳を持っていることを除けば、容姿も、心も、本当に平凡だった。

「つまり、ミリアムに呪いをかけた者は、毛虫の沼に飛び込んで……それから床を百回踏み抜いて、国宝クラスの壺を割る必要があるのか。……国宝ならば屋敷に初代国王縁の品があるが、さてどうするべきか……？」

「このお屋敷の壺を割ってどうするのですか！」

ミリアムの恨みを晴らすために、なぜ公爵家のツボを割らなければいけないのだろうか。なんとなくサディアスとの会話がかみ合っていないことを察しつつ、真面目なミリアムは突っ込みを入れる。

「……許せ。まずは君との仲を深めたい。すべてはそのあとだ。……そうだな、それしかないだろう」

真面目な顔で何度も頷《うなず》き、彼は一人で勝手に納得してしまう。神秘的な人なのか、ただマイペースなだけなのか、摑《つか》みどころのない人物だった。

「本当に、公爵様には呪いが効かないのでしょうか？」

「そのようだ。一目惚れだと言ったのは嘘ではない。これ以上ないというくらい、不埒《ふらち》な気持ちを抱いているのだが？　……君に、どう伝えればいいのだろう……たしかに私が花嫁を選ぶ基準は、一般的な男とは違うだろうな」

「どういうことでしょうか？」

一般的な人間が、異性を選ぶ基準は、容姿や性格、相性、貴族なら家柄も含まれるだろう。いたって平凡なミリアムに一目惚れしたというのは、どういうことなのだろうか。

「公爵家の花嫁となる条件は、私と同じ瞳を持つ者だ。……同じものを共有できる理解者に、惹《ひ》かれてしまうのは身勝手だろうか？」

ほんのわずかに、彼の表情が曇る。人ならざるものが見える苦労は、ミリアムが誰よりも理解していた。今まで、自分だけがおかしいと一人きりで悩んでいた彼女のほうが、その思いは強いはずだ。

イヴィットや公爵家の存在を知り、どれだけ励まされたかわからない。

「ただ霊が見えるだけの人間ならば、数は少ないがそれなりにはいるはずだ。……だから、私が選ぶ条件はそれだけではない。君に心が揺さぶられるのを、言葉で説明するのは難しい。邪な気持ちを抱いていると証明するんだったな？　……こういう手段は好まないが、仕方がない」

背の高い彼が少し屈んだ。人ではないのかもしれないと疑いたくなるほど整った顔が近づいてくる。

（あっ……。目の下にほくろがある……）

きっとミリアムは動揺していたのだろう。そのせいで、右目の下のほくろなどという、この状況ではどうでもいいものを気にした。そして、彼がなぜ顔を近づけてくるのかという基本的な思考を放棄してしまった。

薄く、少しひんやりとした感触の唇が重ねられた。お互いの熱を移すようにしながら何度も角度を変えて重ねて、そのたびに繋がりが深くなっていく。

（キス……されている……）

呪われたミリアムは、当然こんなふうに誰かと触れあったことはない。つい先ほど出会ったばかりの男性にされているのに、なぜか拒絶する気にならなかった。

ふわふわと身体が浮くような感覚に思考が奪われて、彼のことしか考えられなくなっていた。ただ心地よく、ついばまれて熱を帯びた唇を、彼に押しつけるようなことまでしてしまう。

一生縁がないと思っていたことが、現実のものとなった。ふしだらな行為をしているのだと、しっかり自覚がある。それでも、やめないでほしいと願ってしまう。

呪いが通じない男性がいる。そのせいで舞い上がっていたのかもしれない。

（……なんだろう？　私、変……）

ほかの人間も皆、こんなにもキスで気持ちがよくなるのだろうか。ミリアムは、彼の言う「心が揺さぶられる」という言葉の意味を摑みかけていた。

あと少しで届きそうなもどかしさに胸が締めつけられた。

――ゴン。

そう音がしたような気がするのは、ミリアムの気のせいだろうか。いつのまにか背後にほうきを持ったイヴィットが立っていた。

柄の部分で殴られたと思われるサディアスが、ミリアムの胸に顔を埋めるようなかたちで倒れ込む。慌てて支えようとしたが、そのまま尻もちをついてしまう。

「公爵様？　大丈夫ですか……！」

「いつまでお姉様のお胸で甘えていらっしゃるのでしょう？　お兄様ったらケダモノですわ」

「……痛い」

ゆっくりと立ち上がったサディアスが、急に不機嫌になり、イヴィットのほうへ向き直る。

ミリアムも我に返り、急いで立ち上がった。顔が上気し、それを隠すために誰とも目が合わせられない。

「ね？　だからわたくし〝お姉様〟ってお呼びしたかったのですわ。まさか、出会った瞬間に襲いかかるとは思いませんでしたけれど」

イヴィットにはこうなることがわかっていたのだ。豪華すぎる部屋も、呼び方も、そんな意味があったのかと思うと、恥ずかしくて顔から火が出そうだ。

ミリアムが顔を上げると、天使みたいな少女は、すべてを見透かしているような表情でにっこりと笑った。

第三章　お金に目がくらんで婚約いたしましたが、公爵閣下は変態です。

　カトラリーが皿に触れる微かな音が響く。ダイニングルームにいる三人は、それぞれ違った表情を浮かべて、ナイフとフォークを動かしていた。

　イヴィットは満面の笑み。サディアスは無表情。ミリアムは平静を保とうと必死になりつつも、向かいに座るサディアスと目が合うたび、赤面するといった百面相だ。

　油断すると彼の唇の感覚が蘇《よみがえ》ってくる。表面がカリッと焼かれたパンがその感覚を上書きしてくれたらいいのにと、本気で願った。

「君は本当にかわいらしい人だ」

　ミリアムは思わず、皿の上にパンの欠片をぽとりと落とした。反射的に顔を上げると、彼がほんの少しだけ目尻を下げるのが見えた。

（……この方は、眩《まぶ》しすぎて目の毒だわ）

　輝いて見えるのは、うしろに霊を背負っているから——というだけではないだろう。

　まともな会話すらできないまま、なんとか食後の紅茶を飲み終えると、三人で暖かい光が差し込むサロンへと移動した。

「改めてきちんと話をしたい。私は本気で君を花嫁に迎えたいと望んでいる。障害になるものがあれば、一緒に考えたい」

「お気持ちは嬉しいのですが、私の父は一介の騎士です。今は退役しておりますし……貴族でもありません。公爵家に嫁ぐことは難しいのではないでしょうか？」

ミリアムは伯爵家の家庭教師をしていたので、当然そのあたりの常識はわきまえている。貴族は、貴族同士で婚姻を結ぶのが望ましい。公爵家なら伯爵家ですら、身分差のある婚姻という位置づけだ。

貴族の婚姻には王の許可が必要で、平民と貴族だとよほどの理由がなければ認められない。

「まったく問題ない」

「お兄様！　説明不足です。……ヘイデン公爵家の花嫁選びは、霊廟の守護者にふさわしいかどうかがすべてで、代々、身分に関係なく婚姻を結んでおります」

世話が焼ける兄だ、とイヴィットは肩をすくめる。

「あの……イヴィット様は、私を家庭教師として雇いたいとおっしゃっていましたよね？それに神官様にも花嫁候補だとは説明されなかったような……」

ドラモンドという神官が押しかけてきたとき、イヴィットはミリアムが花嫁候補であるとは言わなかった。あとから思い返すと、イヴィットは神官の言葉を遮って、追及をかわしていたように思えた。

「ええ。だって、あの神官――ドラモンド殿に邪魔をされたら嫌ですもの。それに、あくまでお決めになるのはお兄様とお姉様ですから」

そこまで話したところで、イヴィットが兄をちらりと見て、小馬鹿にするような笑みを浮かべた。

「妹が兄の代わりに花嫁候補を連れ帰るのも十分恥ずかしいですが、求婚まで妹が代行……なんてことになったら、さすがに哀れでしょう？」

「私だってずっと探していた！　たまたま探しに行った場所が悪かっただけだ。それに私には行動の制限があるのだから、不利だろう？」

「もしかして趣味の小旅行というのは？」

サディアスがこくりと頷く。

ヘイデン公爵は引きこもりで気難しい人物だと噂されていた。けれど実際には、社交界に現れないというだけで、小旅行にはよく出かけているという。つまり、花嫁候補を探し回っていたということだ。

「近くにいれば、その人物が花嫁なのだとすぐにわかる。だが、どこへ行ってもまったく気配を感じなかった。……君に出会える日をどれだけ切望していたか」

ミリアムも同じ瞳を持っている、と彼らは言う。けれど実際には少し違うのだろう。公爵家の二人は、ミリアムよりもよりよい瞳を持っているはずだ。

「本当に公爵家の花嫁候補探しは大変なのですね？　ですが、私は呪いの件がなくても、やっぱり結婚はできません」

「理由を聞いてもいいだろうか？　ご家族のことだろうか？」

公爵が花嫁を選ぶ基準が一般的な貴族とも、男性とも違うというのは十分に理解ができた。貴族には貴族の、庶民には庶民の、そして公爵家には公爵家の、花嫁を選ぶ基準がそれぞれ存在する。

だから、サディアスの求婚を「間違っている」と否定する気はないミリアムだ。けれど、彼女自身が受け入れられるかどうかは別だった。

公爵家に事情があるように、ミリアムにもいろいろな事情がある。

「呪いの件で結婚を諦めていたというのはあるのですが……。弟が七人おりまして、彼らにはきちんとした教育を受けさせたいんです。できれば私の力で」

ミリアムの両親は働き者だ。本来なら子供たちを食べさせていけるだけの稼ぎはあった。けれど、彼女の父は、ミリアムが起こしたある事故がきっかけとなり、騎士を辞めてしまったのだ。

それまで恵まれた環境で、十分な教育を当然のように受けてきた彼女は、弟たちが同じようにできないことに責任を感じた。

「君の家族に対し、公爵家が金銭的な支援をするのは当たり前だと思うが。そういうのは、だめだろうか？」

「え……えぇ……っと」

思いがけない申し出に、ミリアムの心はグラリと揺らぐ。

伯爵からお金をやるから愛人になれと言われたときには、きっぱり断った。それは誰かを不幸にして、憎まれる行為だからだ。

けれど彼女自身には、稼ぐ方法についてのこだわりは特にない。それが正当な報酬だったら、喜んで受け入れるし、もらった金額に見合った努力もする。

弟たちの成長と、それとともに必要になるお金は待ったなしなのだから、仕事を選んではいられないのだ。

サディアスは独身だし、ミリアムを正式な妻として迎えてくれるという。

「金や権力で君を手に入れるようで、こういう提案をするのは卑怯かもしれない。……ただ、公爵家の花嫁修行はおそらく相当過酷なものだから、対価を支払うのは当然だと思う」

支度金という名目で嫁ぎ先が金品を支払うのは、この国では一般的だ。それを受け取ってはならない理由が、見つからない。

そして、呪いの影響を受けない相手がいるのに、その男性に興味を持つなというのも無理だった。

ましてや彼は、この世ならざる美貌の持ち主だ。少し変わった人物だというのは間違いないが、ミリアムとしては素直に彼をもっと知りたいと思ってしまう。

お金は悪ではない。お金がすべてではない。それでも――。

「……その話、詳しく聞かせていただいてもよろしいでしょうか?」

結局、ミリアムはお金の力に抗えなかった。

サディアスの説明によれば墓守公爵の妻には、かなり過酷な花嫁修業が待ち受けているという。婚約や結婚に向けた具体的な取り決めをする前に、その内容を詳しく聞く必要がある。

「一般的な女主人に求められることとは異なるのでしょうか?」

ミリアムの職業は家庭教師だ。良家の令嬢が結婚後に必要になることは一通り学んでいた。もちろん不得手なことや専門外もあるが、基本的に学ぶことに苦痛を感じない。

だからサディアスの言う、〝過酷〟の意味がよくわからなかった。

「霊廟の守護者として、身につけなければならない事柄がいろいろとある。傷を負うようなことはないはずだが、かなりの精神的苦痛を伴うと予想される」

「具体的にはどんな内容なのでしょうか?」

「霊廟の管理や、霊たちとの関わり方。……それから、あとは二人きりになったら話す。ここでは差し障りがある」

彼が急に目を逸らした。黙って聞いているイヴィットのほうをチラチラと気にしている。妹には聞かせたくない内容、ということのようだ。

「ですが……」

それでは、今後支払われるはずの支度金の額が適正かどうかわからない。内容を知らないままでは同意しかねた。

「今、明かさない代わりに、君は無条件でいつでも婚約を白紙にしていい」

その後、サディアスが提示した内容はこうだ。

公爵家の花嫁修業についてはミリアムの意思で中断できる。そしていつでも白紙に戻すことが可能で、違約金などは発生しない。

支度金については、当初サディアスが提示した額が、ミリアムの想像していた金額より二桁も多かったため、大幅に減らしてもらった。

ミリアムが受け取りたいのは、あくまで正当な報酬だけだった。

最終的には、実家の父への相談が必要になってくるだろうが、彼女の家族もおそらく身の丈に合った暮らしを望むはずだ。

よい方向にも、悪い方向にも、実家の平穏を乱すようなことは、ミリアムとしては避けたい。

最後に、もしミリアムが耐えられず、婚約を撤回した場合でも、支度金は返さなくていいという条件も加えられた。

「それではいくらなんでも、私に有利すぎませんか？」

サディアスは神妙な面持ちで、首を横に振る。

「私にとってどれだけ大切な人か、自覚がないからそのようなことが言えるのだろう。君を十六年間ずっと探していたんだ。もう見つからないかと思った」

「十六年、ですか？」

彼は二十七歳のはずだから、十一歳からずっと花嫁探しをしていたということになる。

ミリアムは、年月の長さに戸惑いつつ、「いくらなんでも早熟すぎませんか？」と言いたくなるのをこらえた。

貴族なら赤ん坊のときから婚約者が定まっていることもよくあるのだし、ましてやヘイデン公爵家には特殊な事情があるのだから。

十六年探してやっと見つかった花嫁ならば、ミリアムが断れば次に条件を満たす女性に出会えるのは、何年後なのだろうか。

少なくともサディアスの結婚適齢期はとっくに過ぎ去っているだろう。神官がなんとか候補と引き合わせようとしているのも、頷ける話だ。

おそらく今の状況は、初代国王の血を引く名家の存亡の危機なのだろう。ことの重要性をぼかしているのは、ミリアムが気負わないための配慮なのかもしれない。

身分の違いから、強要することも可能なはずだが、彼はあくまでミリアムの意思を尊重するつもりでいる。

一方で、彼の優しさや気遣いは、少し狡《ずる》くもあった。捨てられそうな子犬のような顔をされると、断りづらいのだ。

「わかりました。私も覚悟を決めます！　契約を結んだのですから、すぐに花嫁修業をはじめてくださってかまいません。……私、絶対に音を上げたりしませんから、よろしくお願いいたします」

サディアスが一目惚れを主張するのに対し、ミリアムにはそこまでの感情は今のところない。けれど見目麗しい青年に望まれて、なにも感じずにいることは無理だった。

強引すぎるくせに、弱気な部分もある彼に戸惑いを覚えつつ、ミリアムにとってもサディアスが特別な相手であるのは確かだ。

彼と一緒ならば、諦めていた幸せが手に入るかもしれなかった。

多額の支度金をもらうのだから、せめて責任を果たそう。

花嫁修業を真面目にすることと、そして彼が想ってくれるのと同じだけの気持ちを返すこと。それが今のミリアムが選ぶ最善の道のように思えた。

「ミリアム！　感謝する……」

サディアスが急に立ち上がり、ソファに座ったままのミリアムを抱きしめた。男性に抱きしめられた経験のない彼女は、それだけで耳まで真っ赤になる。

「……離してください」

「なぜだ？　婚約者になれば許されるはずだ。……間違っているのだろうか？」

心底わからない、という様子のサディアスにミリアムは返す言葉が見つからない。言われてみると、彼の行動は間違っていない気もするし、大きく世間の感覚からずれている気もした。

ミリアム自身、恋人や婚約者という関係の異性とどう過ごすのが一般的なのか、よくわからないのだ。

「お兄様、妹の前ではご遠慮くださいね？　それにまだ話は終わっていません」

身動きのできない状況からミリアムを救ってくれたのは、あきれた様子の少女の声だった。

「お姉様、わたくしはこれから都に行って、国王陛下の承認をいただいてまいります。それから公爵家を代表してお姉様のご実家にもご挨拶をしなければなりません。残念ながら、お兄様はお役目の都合上、十日以上この場を離れることができませんの」

「イヴィット様が？　お勉強はどうされるのですか？　私自身のことでもありますし、イヴィット様が行かれなくても……」

ミリアムの実家がある東の国境の町リィワーズは、公爵領から急いでも一週間ほどの旅路となる。サディアスが役目のために、長期間この場を離れられないというのは理解できるミリアムだが、だとしてもイヴィットが直接訪ねる必要があるだろうか。

彼女がしっかりしていることは十分理解しているが、大人がすべきことを子供に押しつけるのには納得がいかない。

「それはできない。私と貴方はここに留まり、霊廟の管理や花嫁修業を早急に進める必要があるから」

「ですが、幼いイヴィット様お一人で行かれて、また悪しき霊に襲われたら」

「もちろん陛下から騎士をお借りしますし、わたくし、彼らになんて負けませんわ」

「でも、意識のある人間から悪しき霊を引き剝がせないと、おっしゃっていましたよね？」

霊を浄化する能力を持っているイヴィットだが、取り憑《つ》かれた人間の意識があるままでは対処できないと言っていた。それに、悪しき霊は救いを求めて、イヴィットに近づいてくるとも。

「心配する必要はない。イヴィットの場合、力が強すぎて繊細な作業が苦手というだけだ。取り憑かれた人間だろうが、穢《けが》れの塊だろうが、消滅させていいのなら一瞬でできる」

「……そうでしたか」

恩人というのは、命を助けてくれたという意味ではなく、罪人にならずに済んだという意味だったようだ。

「これは公爵家の一大事なのですわ！　それぞれの役割を全力で。お兄様もお姉様も、よろしいですか？」

一番年少のイヴィットの勢いに押され、ミリアムはつい頷いてしまった。

◇　◇　◇

ミリアムは実家の両親へ手紙をしたため、イヴィットに託した。それを持ってさっそく旅立ったイヴィットを見送ったあと、彼女は公爵家や初代国王について学びたいと申し出た。

ところが、サディアスが難色を示す。今夜、ヘイデン公爵家の花嫁になるための、最初の一歩で最大の難関となる儀式をするため、それまで待ってほしいというのだ。

国の機密事項になっているような事柄に触れるため、とにかく最初の試練を超えられたものにしか教えられないという。

日中、グレースやダレンの手伝いをし、食事やお茶はサディアスと一緒にいただき、ゆったりとした一日が過ぎていく。

見ているだけでドキドキしてしまうほど美しい青年と一緒にいるため、心から安らげないのが残念だ。

しかも、二人の仲を深めるためだと言って、すぐに抱き寄せたりする。ミリアムの心臓は、いつもの二倍以上の働きをしていることだろう。

そして夜の食事と入浴を終えたあと、ミリアムはサディアスの部屋を訪ねた。これからそこで重要な儀式をすると言われたからだ。

入浴後、着替えるようにとグレースが持ってきた服は、なぜかひらひらのナイトウェアだった。ガウンを羽織っているが、なんとなく初夜を迎えるような気持ちになり、落ち着かない。

公爵家の主寝室は、天蓋付きの大きなベッドが鎮座する、広く豪華な部屋だ。まずは、二人でソファに腰を下ろして、これからはじまる試練について話を聞く。

「君に重大な告白をしなければならない。ヘイデン公爵家の花嫁修業についてだ……」

「はい、大変過酷な内容だとうかがっております」

その報酬として、実家へ送るお金をもらう約束をした。報酬という言い方は、ミリアムがお金を受け取りやすくするための配慮だとわかっている。

だからこそ、花嫁修業がどんなに過酷だろうと精一杯励むしかない。

ミリアムはなにをしろと命じられても、絶対に断らない覚悟で臨んでいた。

「そう。……抵抗があることは承知で言うのだが、君には私の精……子種、を……その、飲んでもらう」

「……こだ、ね⁉」

あまりに驚きすぎて、彼女の声は裏返る。

（……どど、どうしよう……？　サディアス様は……正真正銘の変態だった……）

見目麗しく、身分も高く、しかも独身。ミリアムのことは愛人ではなく妻にしたいと言っている。よく考えたらそんな都合のいい話があるだろうか。

もしかしたら、愛人になれと強要してきたあの伯爵よりも、さらにとんでもない人物にコロッと騙《だま》されてしまったのではないか。そんな不安で、ミリアムの顔はどんどん青ざめていく。仲良く隣に座っていたソファの上で、じりじりと距離を置いた。

婚約を了承してしまったことを、早くも後悔しはじめた。

「……誤解があるようだが、これは私の趣味ではない。断じて違う！　だから、離れていかないでくれないか？」

「では、どういうことでしょうか？」

彼はミリアムの呪いについて否定しながらも、結局は最後まで話を聞いてくれた。だから彼女も、同じようにしなければならない。考え直して、姿勢を正す。

「公爵家の男の精には、特別な力が宿っている。霊的な力……と言えばいいのだろうか？　子孫に受け継がれるのだから、当然と言えば当然だろう？」

代々霊的な力を持っている公爵家の男の子種は、その力がだだ漏れという意味だ。ふんわりとしたイメージしか持てないが、彼女は頷いて、そこまでは理解できたと示す。

「それをいきなり君の……その、た、大切な部分に流し込むと、身体に障る。その部分は、とても力の影響を受けやすいのだ」

「つまりは、影響を受けにくい場所で摂取をして、慣れろとおっしゃるのですか？　それが口だと」

もし結婚し子を成せば、強い力を持った子をミリアムが腹の中で育てることになる。公爵家の花嫁の条件が特別というのも、その件に関連しているのだろう。

そもそも花嫁本人に才能があるのが前提で、足りない部分を慣れて補え、ということだろうか。

二人きりになったら教える、というのはイヴィットの前で話すのが、はばかられたからだだろう。

「理解が早くて助かる。……近い将来の夫のものだとしても、そんなものを口にするなど非常識で、女性にとっては抵抗があると重々承知している。だから今夜いきなりでなくても、君が耐えられると思ったときでかまわない……」

「本当に、公爵様のご趣味ではないんですよね？」

「もちろんだ。私は、ごく普通の感性を持った、なんの特徴もない平凡な男だ」

初代国王の末裔《まつえい》で、大貴族で、ありえないほどの美丈夫で、霊が見えても彼は平凡。

会ったばかりのミリアムに開口一番求婚をし、キスをして、子種を飲めと言っているが、彼は常識人。

ミリアムの中で平凡と常識人の定義が著しく変わろうとしていた。

（平凡、常識人、平凡、常識人……）

頭の中でひたすらその言葉を繰り返すと、本当にそう思えてくるから不思議だ。

「わかりました……っ。事情は理解いたしましたし、契約がありますから、どうぞ進めてください」

彼は変態ではなく、これは避けては通れない儀式。ミリアムはなにを命じられても、受け入れようと自分自身に誓ったばかりだった。

幼いイヴィットが二人のために動いているというのに、大人が努力をしないというのは気が引けた。

「……それでいいのか？」

「はい。まずはやってみないことには、はじまりません」

半分やけになって、ミリアムは儀式を受け入れることにした。

「ありがとう、ミリアム。必ず、幸せにする」

言うやいなや、サディアスがミリアムを抱き上げた。ミリアムの部屋にあるものよりもさらに大きく、紗《しゃ》の天蓋《てんがい》で覆われたベッドの上にゆっくりと彼女を下ろす。

それから抱き寄せられて、首筋にキスが落とされた。

「……んっ？」

「どうかしたのか？」

ミリアムは、サディアスの胸を強めに押した。すると彼はすぐに身体を解放し、ミリアムを気遣った。

「あの、……こ、こ……子種を飲むんですよね？　なぜキスをするのですか？」

「……気分が高揚しないと、無理なんだ。初夜まで純潔だけは守ると約束する。だから、安心して身を任せてくれ。必要なことしかしないから、どうしても嫌なとき以外は行為を遮らないように」

さすがに二十五にもなれば、男性が精を放つというその意味くらい十分に理解している。つまり、純潔を奪わないが、それに近いことはする、という意味だった。

「本当に嫌だったら言ってくれ。待つことも可能だし、……無条件で白紙にできると言ったのは嘘ではない」

「……わかりました」

彼女はなんとか声を絞り出した。正式な婚約者だから許される。花嫁修業だから仕方がない。そんな考えが頭に浮かぶが、これはただの言い訳だろうか？

本当は、これからすることに興味があり、昼間交わしたキスの続きが知りたいというだけかもしれない。

初対面の男性とキスをして、抱き合うなどどうかしている。わかっているのに彼の希望を叶《かな》えたいと思ってしまうのはなぜなのだろう。

考えている途中で、サディアスがその邪魔をした。予告なく押し倒されて、キスがはじまる。油断すると蕩《と》けてしまいそうなほど甘い感覚だった。

「……んっ」

彼の舌がミリアムの口内に差し込まれた。唇は冷たいのに、柔らかいその部分は熱を持っている。

この国で一番〝美しい〟という言葉が似合う青年は、そのガラス細工のような繊細な容姿には似合わず、荒々しい動作でミリアムを貪る。

チュ、チュ、という音を気にしながら、気がつけばミリアムも彼の舌に自身のものを絡めていた。

呼吸の仕方がわからず、窒息してしまいそうなのに、止められない。

今朝はじめてのキスを交わしたときも味わった不思議な感覚に、彼女は身を委ねた。まるで最初からこうするために生まれてきたかのように、身体が彼を求めている。

水を与えられ、それを飲んでからはじめて、今までずっと喉が渇いていたのだと自覚するような気持ちだった。

「ミリアム。君が私の特別だと……そう感じないか？」

短いキスをしながら、彼が問いかける。

「わかりません、公爵様しか知らないから……」

はじめて味わう気持ちだから、ミリアムには彼が特別なのか、そもそも誰としてもこうなるのかはわからない。

けれど、うっとりして蕩けてしまいそうなのは感じていた。彼の声も、唇の感触も、ミリアムの中にある恥じらいを消し去ってしまう麻薬になる。

「サディアス、だ」

「サディアス様しか知らないから、これが普通かどうか……んっ、んん」

名前を呼んだことに対し、褒美を与えるようにまたキスを降らせる。今度は唇ではなく、こめかみや耳のあたり、そして首筋だった。

こめかみは安心するが、耳たぶや首筋はこそばゆく、触れられるたびに身体をビクリとさせてしまう。

「君は甘い……。おかしくなりそうだ」

おかしくなりそうなのは、ミリアムも同じだった。どこもかしこもくすぐったくて、普通なら嫌なはずなのに、やめないでほしいと願ってしまう。

「怖くなったら、言うといい。……嫌がることは決してしない。待つことには慣れているのだから」

首筋に吐息がかかり、不埒《ふらち》な手のひらが服の上から胸のふくらみに触れた。

戸惑いはあるが、ミリアムから拒絶の言葉は言えそうになかった。「言っていい」と口にするのに、「言わないでほしい」とその瞳が語っている。「待つことには慣れている」と断言するのに、「待てない」という意思が透けて見える。

「あっ……恥ずかし、い」

布越しに、胸の頂の場所が探られていく。ナイトウェアの上からでもわかるほど、ミリアムの頂は硬く立ち上がっているのだろう。サディアスが見つけたそれを執拗《しつよう》に弄った。

やがて小さなボタンに手がかかる。彼が慣れない手つきでミリアムの素肌を暴いていく。

胸が露《あら》わになると、サディアスがそれを包み込むように両手で支え、円を描くように優しく揉《も》みしだく。

「あぁっ……んっ、くすぐったい」

「では、これはどうだ？」

チュ、と先端を口に含まれて、ミリアムは身を震わせた。舌先で弄ばれると突起はキュッと縮こまり、それがサディアスの行為を了承している合図のようだった。

両手の動きはそのままで、二つの先端をサディアスが交互に舐《な》めている。普段は布で締めつけ、ふんわりとしたブラウスで隠している豊かな胸のかたちが歪《ゆが》む。

ミリアムは無意識に、銀の髪ごと彼の頭を摑んで、ぐしゃぐしゃにかき乱した。刺激に耐えられず、彼を引き剝がしたいのか、それとももっとしてほしくて押しつけているのかもよくわからない。

「あぁっ、ん。……はぁっ、はぁっ」

彼の手技がどんどん激しくなる。唾液をまぶされて、ぬるついた先端が指で摘まれた。少し痛みを感じてしまうような強さでも、今のミリアムには喜びでしかなかった。

摘まれるたびに、嬌声《きょうせい》があがり、勝手に背中が反り、息が荒くなっていく。

「胸はすごく感じるみたいだな？　それに……もしかしてミリアムは大きいほうなのだろうか。柔らかくて、ずっと触れていたい。先端は薄紅色だったのに、吸ったら色づいて……喜んでいるみたいだ」

サディアスは酒に酔っているように顔を赤らめた。そんなことで嬉《うれ》しそうにされても、ミリアムにとっては、ただ恥ずかしいだけだった。

「だめっ、そんなこと言わないでください」

確かにミリアムの胸は、平均よりもやや大きいはずだ。呪われた家庭教師にそんなものは必要なく、彼女にとってはただ邪魔なだけの存在だ。

「嬉しいんだ……ミリアム。もっとだ、もっと感じていい……」

「はぁっ、うぅっ！」

再開された胸への愛撫《あいぶ》に耐えられず、ミリアムが嬌声をあげる。しつこく弄られて、慣れるどころか身体はどんどん敏感になる一方で、快楽の拾い方だけ習得していく。

「ん……っ、はぁっ、胸がじんじんして……いやぁ、あぁっ」

すぎた刺激にじんわりと涙が浮かぶ。

サディアスはそこに唇を寄せて、舐《な》め取った。やがて右手がナイトウェアをまくり上げ、ドロワーズの上から内股に触れた。

「んっ！」

誰にも触れられたことのない場所を大きな手が探るたび、ミリアムはこそばゆさで身を強ばらせる。彼の指先はミリアムの緊張をほぐすように優しく、ゆっくりと進めようとしていた。

撫《な》でられているうちにくすぐったさとは別のものを感じはじめた彼女は、どうしていいのかわからずにもじもじと脚をすり合わせた。

「触れるだけだから。それ以上は絶対にしない」

そう前置きをしてから、彼の指先が素肌に触れた。ドロワーズの隙間から押し入ってきた指が、ミリアムの秘めたる場所にたどり着く。

「ひゃっ、あぁっ……んっ、ぁ……」

彼の指先が秘部のかたちを探るように撫で、慎ましい花弁をそっと押しのける。するとミリアムの身体から溢《あふ》れ出た蜜で、指先がぬるりと滑った。

「濡《ぬ》れている」

「……わ、わざわざ……言わなくても、わかります！　……んっ」

指を動かすたびに、クチュ、クチュ、と音が響く。這《は》う指先の感触だけで、その部分がどうなっているのかくらい予想がつく。それだけでもミリアムにとっては泣きたいくらい恥ずかしいのだ。わざわざ言葉にしてとどめを刺さなくてもいい。

「……すまない、嬉しくて。以後気をつける」

十分に潤った指先が、蜜口よりも少し上の部分にするりと移動した。その瞬間、びりびりとした強い刺激が彼女の全身を襲う。

「あぁっ……だ、だめっ、はっ、あぁぁ。そこっ、はぁっ……おかし、くっ……」

耳たぶや首筋、それから胸を弄られたときは心地がよいと感じられた。けれど秘部の上のほうにあるその場所は、強い力で擦られているわけでもないのに、耐えがたいほどの刺激を生み出す。

ミリアムは思わず両手でサディアスの腕を掴んで、動きを阻む。

「んっ、ん……だめ、だめ……やぁっ、ん。……壊れちゃっ」

男性としては細身でも、ミリアムとは力の差があった。拒絶すればすぐに止めてくれると思っていた彼女の予想は覆される。

サディアスの指先は、蜜をすくってふっくらと硬くなった花芽にそれを擦りつける行為をやめない。

それどころか、蜜が溢《あふ》れているのだとわからせるために、わざと音を立てているようだった。

「はぁっ、だめぇ――っ！　サディアス、さまっ、やめてくださ……っ」

「優しくしているし、ここは快楽の芽だと聞いている。……だめなようには見えないのだが、本当にやめなければならないのか？」

「でもっ、怖いです……。そこ、刺激が強すぎ……っ、て。変にな、る……んんっ！」

もう聞く必要はないと主張するように、突然唇が塞がれた。

すぐにサディアスの舌が口内へ侵入し、呼吸すらままならない。窒息してしまいそうになりながらも、無意識に自分の舌を絡めてしまう。

ミリアムはしっかりと彼の背中に手を回し、グチャグチャになるのも構わずシャツを摑んで、その責め苦に耐えた。

はじめて感じる快楽に戸惑っているのに続けてほしいとどこかで願っていて、結局本気で嫌がっていないのだ。

それを感じているのか、サディアスが手の動きを止めることもなかった。

しかし、唇と花芽の二箇所で感じる強い快楽は、経験のないミリアムが受け入れられる限界を超えていた。

「……ん……んっ、ん――っ！」

身体は彼女自身のものなのに、まったく思いどおりにならない。汗がドッと吹き出して、息苦しい。それでもキスが止められない。頭がぼんやりとして倫理観も常識も消えていく気がした。

濡れた指先が花芽を強めに擦りはじめると、すぐに限界が近づいてくる。

ミリアムは四肢に力を込め、身体が浮き上がりそうになるのを必死に押さえた。これ以上されたらおかしくなってしまうことだけは察していて、身をくねらせて彼の手から逃れようとした。

追いすがってくるサディアスの指先が、ミリアムに罰を与えた。彼女が動くせいで、力加減を間違えたのかもしれない。

グッ、と花芽を潰すように押され、その瞬間、ミリアムの腹のあたりに溜《た》まっていた快楽が決壊した。

「んっ、んんっ……はぁっ、あぁ――――！」

生まれてはじめての絶頂を迎え、ミリアムは喉を思いきり反らした。花芽から生まれた快感が、全身を貫いて、めちゃくちゃに暴れているようだった。サディアスの背中に爪を立て、涙をこぼしながら、どうしていいのかもわからずガクガクと震えた。

ミリアムのはしたない身体を、そして快楽に溺れている表情を、美しいサディアスが見下ろしている。

彼は驚いたような顔をして、それから破顔した。

「……はぁっ、はっ。……サディアス、さま……私……」

知識として知っていた。けれど実際のそれは、生まれてから二十五年間、異性と触れあうことすらなかったミリアムが想像できるようなものではなかった。

「達してくれたんだな？　よかった……。私は上手くできただろうか？」

サディアスはきらきらとした笑顔を向けてくる。ほめてほしい、と顔に大きく書いてあるようだった。

「……はい。……気持ちよすぎて……怖いくらい」

彼は二つ年上で、お互いにいい大人のはずだ。けれど少年のような顔で見つめられたら、恥ずかしいからといって嘘をつけるはずもない。

サディアスは、素直な告白を聞いて満足そうに頷く。それからくたりと力なくシーツの上に置かれていたミリアムの手を取った。

「触れてくれるか？　私も、同じようになりたくて……苦しいんだ」

そう言ってから、ミリアムの手をその場所に導いた。布越しでも硬くなっているのが十分わかる。

「はい。……私が、サディアス様を……高めればいいのですか？」

「そうしてくれるとありがたい。自分でしているのを見られるのはあまり好まないから」

カチャリと音を立ててベルトが外された。やがてわずかに下ろされたトラウザーズの中から彼が取り出したものを見て、ミリアムは目を見開く。

「……これ、が……」

弟たちのものとはあまりにも違いすぎた。ミリアムは直視することも、目を逸らすこともできずに、戸惑う。それは色もかたちも禍々しくて、サディアスにふさわしくないもののように見えた。

「怖いだろうか？」

こんなに大きなものが、近い将来ミリアムを貫くのだと想像したら恐ろしい。だが、触れることへの嫌悪感はない。

ミリアムは返事をする代わりに、その猛々しい男根に触れた。

「……こう？　ですか？」

二人、向かい合わせで横になる。それから両手で彼の欲望に触れ、軽く握る。動かせば心地がよいのだろうと予想して、手を上下させてみた。

「……そう、だ」

サディアスは眉をひそめ、吐息を漏らして苦しそうにしながら答えた。

「すみません。痛かったですか？」

ミリアムが慌てて謝ると、サディアスは首を横に振る。

痛くないのなら、どうしたというのか。ミリアムはわからないまま、しばらく労るように彼の剛直を撫でていた。

「だめだっ！　気持ちがいいけれど、もどかしくて耐えられない。もっと強くしてくれないか？」

彼の手がミリアムの上に重ねられ、心地よく感じる強さと速さを伝えようとしていた。ミリアムはそれに従って、ぎゅっと強めに握って、いきり立つ竿《さお》をしごく。

こんなに強くして、壊れてしまわないかと心配になりながら、彼の顔をよく観察した。陶器のように透き通った肌はわずかに上気し、息が荒くなっている。潤んだ青い瞳と目が合うと、気恥ずかしそうにほほえんだ。その瞬間、ミリアムの胸がキュッと苦しくなった。

「あまり見ないでくれると助かる」

視線を合わさないで、けれど相手への好意を伝えるにはどうすればいいのか。二人ともたった一日でそれを学んでいた。どちらからともなく距離を縮め、いつの間にか隙間が無くなった。

また唇が重なり、互いに求め合っているのだということを感じる。

そのまま時間をかけて、丁寧な愛撫を施せば、サディアスから余裕が消え去る。何度も荒い呼吸を繰り返し、時々苦しそうにくぐもった声を漏らす。

「達しそうだ……っ！　いいか？」

「はいっ」

それが最終確認だった。今夜の儀式は、彼の子種をミリアムが口で受け止めないと終わらない。彼女の中には少しの恐怖があったが、不思議と嫌だとは思わなかった。

「……くっ」

急にサディアスが身を起こし、焦《あせ》った様子で太い男根をミリアムの顔に近づけた。そのまま一切の躊躇《ちゅうちょ》なく先端を唇に押し当てる。

「んっ、んぐっ……」

少し膨らみ、歪《いびつ》になっている先端が、ミリアムの小さな口にすっぽりと収まる。次の瞬間、勢いよく生温かい飛沫《ひまつ》が、口の中に出された。

ドク、ドク、と波打ち、数回に分けてそれが放たれた。あとから青臭い独特な匂いが、口の中に広がる。

「ん――っ！　んっ！」

「すまない。……本当に、すまない」

すべて出し終えると、サディアスは急いで欲望を引き抜いた。

ミリアムは口もとを手で覆い、出されたものを吐き出さないように耐えるが、なかなか飲み込めない。

（なにこれ……やけどしそうっ、熱い……）

体液の熱さなどたかが知れている。けれどサディアスの放ったそれは、まるで強いお酒のようだった。公爵家の人間が持っている特別な力の影響だろう。

そのまま口に留めておくのが難しく、出してしまうとさっきまでの努力が無駄になる。

ほかに選択肢はなく、ミリアムはなんとかその熱くドロドロとした体液を飲み込んでいく。

「んっ……、ん……。飲めました……私、ちゃんとできました……」

喉もとを通るときも、お腹でも、結局熱いことには変わりない。その熱がじわじわと全身に広がっていくような気がした。彼の霊的な力を摂取したのだと嫌でも実感させられる。

「ありがとう。口をすすいだほうがいい」

サディアスが立ち上がり、テーブルの上に置かれた水を差し出してくれた。

口に含むと爽やかな香りが広がるミント水だ。たっぷりとグラスいっぱいに注がれたそれを飲み干せば、口の中の熱は消え去った。

（あれ……？　最初から置いてあったかしら？）

ミリアムは爽やかな香りに癒やされながら、ふと疑問に思った。この行為をはじめる前は、たしかそこにはなにも置かれていなかった。

グレースかダレンが行為の最中に部屋に入ったのかもしれないと思うと、恥ずかしすぎておかしくなりそうだ。有能な使用人は、主人に悟られずに影のように働くというからその可能性はある。

（いいえ！　天蓋の中からだって、さすがにわかるはず……）

きっと水は最初からそこにあったのだろう。サディアスと二人きりの空間で緊張して、気がつかなかっただけだ。ミリアムは悪い想像を追い出すために首を何度も横に振った。

「大丈夫か？　どこかおかしくなったりしてないか？」

ベッドの上で不審な行動をしていたミリアムをサディアスが気遣う。

「はい。少し身体が熱いような気がしますが、問題ありません」

公爵家の兄妹《きょうだい》に比べれば劣っているかもしれないが、ミリアムにも不思議なものを感じ取れる力がある。そして、サディアスが吐き出した精の中に、確かに強い力を感じられた。ミリアムはそれを熱として、受け入れているのだろう。

「そうか……。なにも問題ないほうがいいのだろうな」

なぜか寂しげな顔のサディアスが、ミリアムの肩にそっとガウンをかけた。それで彼女はやっと、まだナイトウェアが乱れたままだったことに気がつく。

慌てて胸元の合わせを掻《か》き合わせ、彼に背を向けた。それから焦って言うことを聞かない指先と格闘し、なんとか服の乱れを整えた。

「……これで、今夜の儀式はおしまいでしょうか？」

「ああ。だが、できれば今夜は一緒にいて、様子を見守りたいのだが」

終わったのなら、早くこの部屋を去りたいというのが本音だ。ここ数日、ずっとめまぐるしく周囲の環境が変わり、理解が追いつかない。とくにサディアスと出会ってから、あり得ないことが続き、少し冷静になりたかった。

彼女は、サディアスという青年を理解したいと思っていた。けれど、ミリアムの感情が追いつく前に事態が先へ先へと進んでしまい、それには不安を感じていた。

「だめです。まだ、夫婦ではありませんから」

夫婦でもしないようなことをしてしまったという自覚はあるが、彼女としてはそこは死守したかった。

「……だめなのか？」

「うぅ……だめです。それでは、おやすみなさいませ」

サディアスがまたしょんぼりとしている。彼にそうされると、ついなんでも応じたいと考えてしまう。あまり、流されるのもよくないと思いながら、ミリアムは彼を放っておけなかった。

サディアスの肩に手をかけて、ぐっと引き寄せる。それから背伸びをして頬にキスをした。「あなたのことは、嫌ではない」「婚約者として許されることまでならばいい」そんな気持ちを込めた就寝の挨拶だ。

「おやすみ。なにかあったらすぐに呼んでくれ」

サディアスも頬を寄せ、軽いお返しのキスをしてくれる。

先ほどまで、もっと恥ずかしいことをしていたというのに、ミリアムの顔はまた真っ赤になった。

◇◇◇

真っ赤になってしまった顔を見られたくなくて、逃げるように私室に戻ったミリアムは、そのままベッドに倒れ込んだ。

心臓の音がうるさいのは、廊下を淑女らしからぬ速さで移動したせいではない。

もうこのまま寝てしまおうと、漂う霊に挨拶をする。すると彼か彼女かはわからないが、霊はスーと壁の向こうに消えていった。昨晩、浴室にいた〝エロおやじ〟とは別人だということは、なんとなくわかる。

静かになったところで、ガウンを脱いで、部屋の扉に鍵をかけてから毛布に包まる。まだお腹の中にある熱が冷めず、それどころか酒に酔ったときのようにふわふわとした感覚が増している。

食べたものが血肉となって身体全体にまわるのと同じなのかもしれない。

ミリアムはキュッと瞼を閉じた。すると暗闇の中で研ぎ澄まされた五感のすべてがサディアスから受けた刺激をなぞってしまう。

彼の霊的な力が、ミリアムの身体に留まっているせいだった。先ほどまで感じていた指がどうだったか。首もとに吹きかけられた吐息の温度がどうだったか。果てる直前の余裕を失った表情がどうだったか。

「ん……」

これでは彼の人となりを理解する前に、強制的に彼のことしか考えられない人間になってしまう。流されてたまるか、という気合いでミリアムはサディアスの幻影を頭から追い払う。

羊を数えてみたり、素数を数えてみたり、いろいろと抵抗を試みる。けれどいつの間にか数える声がサディアスの囁《ささや》き声に置き換わり、毛布のぬくもりから彼の体温を妄想してしまう。

「なに、これ……？」

なんとかおかしな感覚から逃れようと、毛布の中でムズムズと身を動かす。するとさらりとしたナイトウェアが素肌の上を滑った。そんな小さな刺激すら、サディアスが先ほど与えてくれたはじめての喜びを思い起こさせた。

「……ぁっ、……いやぁ……」

なにをしていても、意識は彼を追い求める。

ミリアムが一度達し、サディアスも達した。それで今夜の儀式は終わりのはずだ。けれど彼女の身体は、まるでその続きを欲しているようだった。

明らかにおかしい。彼に相談するべきだとわかるのに、どうしても起き上がることができない。

もし、今の状況が彼の力のせいではなく、ミリアムが欲求不満なだけだとしたらどうしようかと不安だった。

内側に籠もる熱をどうにかやり過ごそうとしても、余計に意識がそちらに向いてしまう。

身体の奥が疼《うず》き、涙目になりながら丸まっていると、突然声が響く。

「ミリアム、もう一度聞くが、おかしくなったりしていないか？」

「……は、い」

部屋の外からサディアスの声が響く。

ミリアムは異変を訴えることより、羞恥心を優先してしまい嘘をつく。

「ミリアム？」

「その……疲れてしまって。今日はもう眠ります」

今の彼女ははっきりと自覚できるほど、サディアスを求めていた。けれどもう一度彼に触れてもらい、先ほどのように快楽を得たいなどと、言えるはずがない。

この状況をどう説明していいのか、わからなかった。

「すまない、やはり気になるから確認させてくれ」

部屋の扉には鍵がかかっている。ミリアムが応じなければ、彼が入ってくる可能性はない。

夢の中にいるときのようなあやふやな思考で、彼女はぼんやりと扉のほうを眺めた。

だから、先ほどからサディアスの声がしていた場所も、ガチャリと音がした場所も、目の前にある扉の方向ではなかったと気がついたときには、すでに手遅れだった。

「そこ、開かずの扉ではなかったんですか――っ？」

グレースが開かないと言っていた扉の前に、サディアスが立っている。一瞬、この屋敷の霊たちと同じように壁をすり抜けてきたのではないかと疑ったが、すぐにそうではないとわかる。

ミリアムは、今になってから部屋の配置を頭に浮かべ、思わず叫んでいた。

「うん……？　私の部屋と君の部屋を繋ぐ扉だろう」

今さらなにを言っているのか、とサディアスが首を傾げている。つまりは、ミリアムの部屋は最初から公爵家主人の部屋と繋がっていたのだ。

部屋に案内されたときのグレースとのやり取りを思い出し、ミリアムはため息をつく。

予想外の出来事に油断していると、サディアスがベッド脇まで移動していた。

「顔が赤い。涙目になっているし……やはり、な」

「やはりって？」

「副作用というか……、相性のよい相手の力を受け入れると、眠れないくらい身体が昂ってしまうと聞いたことがある。私の力に慣れるまでの短い期間だけだから、心配する必要はない」

「圧倒的に説明不足！　サディアス様のばかぁっ」

婚約者とはいえ、高位貴族である彼を思わず罵倒してしまう。

決して無口というわけではないのに、彼はあえて重要な説明を省いているとしか思えなかった。

「私はばかなのか？　気がつかずにすまない。なにが言いたいかというと、それは自然現象だから気にする必要はないということだ。むしろ君が私の力を受け入れている証拠……わかるか？」

彼はミリアムの暴言に憤る様子もなく、むしろ受け入れているようだった。しかもなぜか頬を赤く染めて、喜んでいる。

「なに嬉《うれ》しそうにしているんですか！　気にします。どうするんですか？　……こんなの、気になって眠れない……、早く止めて……っ」

「すまない。治す術がないんだ……だから……」

サディアスをにらんだつもりが、青い瞳に囚われた。予告なしにキスされて、それがすぐに深いものになる。

ミリアムはやっと渇きを癒やしてくれる存在を得たような気持ちで、ただそれを受け入れた。いつのまにかシーツに背中を押し付けられ、逃げ場を失う。

もう逃れられないからと言い訳をして、激しく口内を侵す舌を甘受した。

どれくらいの時間、そうしていたのかわからない。互いの舌を絡め合い、隙間から漏れる声を我慢することすらせず、めちゃくちゃに貪り合う。

唇が腫れてしまうのではないかと不安になるほど長い時間そうしたあと、ゆっくりと身体が離れる。

「私、おかしいです……会ったばかりのサディアス様と、こんな……」

「特別な相手なのだから、当然だ。……こうなったのは全部私のせいだ。だから恥ずかしがらずに、私に君の心地よい場所を教えてくれたらいい」

言いながら、彼はミリアムのナイトウェアに手をかけた。先ほどとは違い、手早くボタンをはずし、さっと剝ぎ取ってしまった。ドロワーズも引きずり下ろされ、一糸まとわぬ姿を、彼の前に晒《さら》す。

ミリアムに抵抗する暇も与えず、膝の裏に差し込まれた手が、強引に脚を開かせた。

「な……なにして……？　嫌っ、いやぁっ！　あぁっん」

そのまま美しい顔が太ももに近づき、秘部に近い内股がペロリと舐《な》められた。それだけで彼女の身は震え、勝手に脚から力が抜けてしまう。

これでは自身でさえよく見たことのない場所を見せつけることになってしまう。しかも彼の愛撫はどんどん身体の中心へ移動してくる。

「さっき気持ちがよかったのは、この部分だろう？」

片脚は摑まれたまま、右手がそっとミリアムの秘部の上あたりに触れた。身体が勝手に跳ね上がり、次の瞬間には彼がその部分に顔を寄せていた。

「だ、だめです……やめてっ、そんなことしたら汚いっ！　やだぁ」

美しい銀髪を摑み、ミリアムは必死の抵抗を試みる。けれど彼は許してくれず、そのまま敏感な花芽を口に含んだ。

信じられない光景に、ミリアムは驚愕《きょうがく》した。いっそ意識などなくなってしまえばいいのに、彼の与える快楽がそれを許さない。

「だめだと言っても、今は聞けない。そのまま放置していたら苦しいはずだ」

「は、はぁっ……んっ」

そこはサディアスが触れる前から濡れていた。チロチロと舌が蠢《うごめ》くと、そのたびにビクリと反応をしてしまう。

あまりの刺激に耐えられず、ベッドを這《は》うようにして上へと逃げるが、すぐに太ももを引き寄せられ、捕らえられてしまう。

そんなことしたら絵画か彫刻のように美しいサディアスが汚れてしまう。不安に苛まれながら、ミリアムは彼の舌の動きに翻弄されていく。

むしろ身体の熱は冷めるどころか増すばかりで、もっと強くそうされたいという欲求が消えない。

「あぁ、すごいな。こんなに感じてくれて……。君が興奮しているのだとわかる。もっとしていいか？」

「……嫌！　サディアス様が汚れてしまうから、やめて……あぁっ」

チュプ、と音を立てて、花弁の中心に指が突き立てられた。

「先ほど私の精を飲んでくれただろう？　その逆をしてなにか問題があるのか？　……少し指を使うけれど、浅い部分だけなら大丈夫……のはずだから」

夫しか触れてはいけない身体の内側にサディアスの指が侵入してくる。溢れてくる蜜を掻き出すように、宣言どおり浅い部分の感触を確かめるように丁寧に。

そこからすくい取った蜜が敏感な花芽に塗りつけられている。唾液と蜜が混ざり合ったものを彼はためらわず口に含み、チュ、チュ、と吸い上げた。

「ひっ……」

　異様な光景と聞くに堪えない水音に、抵抗をしようと脚をばたつかせた。けれどそんな余裕があったのは一瞬だけだった。

　すぐに先ほど達したときよりも鮮明な快楽に襲われ、思わずぎゅっと瞳を閉じた。

「んっ。あぁっ……」

　花芽が厚みのある舌で押しつぶされ、そのあと少しだけ解放される。一定のリズムで弄ばれ、すぐに達してしまいそうなほど心地がいい。

　もっと強い刺激が欲しくて、入り口近くを愛撫している指を締めつけてしまう。

「いずれ、ここで私を受け入れてくれるか？　そうしたら、もっと気持ちがいいはずだ」

　クチュ、クチュ、と指が抜き差しされる。サディアスが話をすると、秘部に熱い吐息が吹きかかる。それがどうしようもなくもどかしく、ミリアムは叫びそうになった。

「うぅっ。もっと……？　そんなの、怖い。……んっ、んん」

　もし、これ以上の快楽が与えられたら、淫らな行為の虜になって、元の生活に戻れなくなってしまう。今していることは、悪ではなく、子を作るための神聖な儀式――その練習だとわかっていても、罪悪感に苛まれる。

「私、もう……！　これ以上はっ、はぁっ、ん」

　一度絶頂を経験したせいだろうか。今度はもうすぐ果てにたどり着くのをはっきりと感じ取っていた。舌の動きは繊細で、ミリアムのいい場所に確実に届く。

「だ、め……っ、達《い》っちゃうっ。あぁ、あぁぁぁっ！」

背中を浮かせ、シーツをめちゃくちゃに乱しながら、ミリアムはこの日二度目の絶頂を迎えた。強すぎる快楽に身を震わせ、ふわふわと浮くような感覚を貪欲に受け入れた。

「はぁっ、はぁっ、……んぁっ！」

「まだ、足りなそうだ。……かわいそうに」

呼吸は乱れ苦しいのに、身体はもっとサディアスをほしがっていた。

「ひぃっ……ん！　おかしくな、る……」

ミリアムがはっきりと覚えているのは、そこまでだった。

我を忘れるほど何度も高みに押し上げられ、最後のほうは自ら快楽を得ようと腰を揺らしていたように思う。

ひときわ大きな絶頂のあと、そのままスッと意識が遠のいていった。もう瞼《まぶた》は開かなかったが、額に優しくキスされるのを感じた。

「もう見失ったりはしない。……ミリアム」

彼の苦しそうな独白に、胸が痛んだ。額に残る唇の感触が、なぜだか懐かしい。以前も同じようなことがあった気がしているのに、たどり着きそうになるとするりと抜け落ちる。

温かいぬくもりと、少しのもどかしさを感じながらミリアムは眠りについた。

第四章　夢は覚めると忘れてしまうものです。

九歳のミリアムは、家族で旅をしていた。父の仕事は騎士で、戦のないこの時代でも国境付近の警備は重要な任務だ。

父の新しい赴任地が東の国境にある砦《とりで》となり、家族全員で国境に近い地方都市リィワーズに移り住む予定だった。

そしてその途中、都から二つ目の宿場町で悪天候に見舞われ、足止めを食らっていた。

嵐は二日で過ぎ去ったが、街道の一部が土砂崩れで通行不能になってしまったのだ。

よく晴れた日に、宿に籠もっているのが嫌になったミリアムは、見知らぬ土地に臆することなく一人で外に出かけた。

母からは宿周辺から離れないようにと言われていたのに、ミリアムはそれを守れなかった。途中で黒い霧に出会い、逃げているうちに道に迷ってしまったからだ。

正体がわからない黒い霧のことを話しても、父親もほかの大人たちも取り合ってくれない。おかしな娘だと誤解されるのが嫌で、いつからか誰にも相談できないものになっていた。

今回も一人でどうにかしようと考えて、霊を遠ざけるために必死に走ったら、いつの間にか森の中をさ迷っていた。

「……怖い、怖いよぅ」

全力で走って霧から逃れたと思ったのに、あれはすぐにミリアムの姿を見つけてしまう。しかも仲間を引き連れて、木の陰から様子をうかがっているようだ。

今までも、黒い霧やそれをまとっている人間を何度も見てきた。けれど、それらは喧噪《けんそう》を嫌い、人目のあるところのほうが、比較的大人しい。

だから黒い霧に出会ったときは、人の多い場所へ逃げるのが正しい。けれど土地勘のないせいで、彼女は道を間違え、どんどんと森の奥に進んでしまったのだ。

やがてミリアムはその場にしゃがみ込んで、めそめそと泣きはじめた。ミリアムの恐怖に呼応するように、彼らの気配が近づいてくる。

彼女は顔を上げることすらできなくなって、ガタガタと震えた。

「霊たちがうるさいと思って来てみれば……」

凛《りん》とした声が響いた。次の瞬間、急に恐ろしい黒い霧の気配が消え失せた。驚いて顔を上げると、少し離れた場所に旅装束の少年が立っていた。

「なぜここに子供がいる？」

いくつか年上だとしても、同世代の少年が、咎《とが》めるような言葉を口にしたので、ミリアムは頬を膨らませた。

「……お兄ちゃんだって子供じゃない！」

本来なら、助けてくれたお礼を言うべきだった。けれど少年があまりにも不機嫌そうにしていたため、機会を逃してしまった。

彼が眉をひそめて、ミリアムのそばまで近づいてくる。

フードからはみ出る髪はめずらしい銀。瞳は空よりもずっと深い青。右目の下にはほくろがある。あまりに整った容姿だったので、ミリアムは妖精に出会ったのかもしれないと、目を擦った。

しかも彼の周囲には、白っぽい光が漂っている。煙か霧のように浮いていて、意思があるかのように動く。そしてそのたびに光を反射してキラキラと輝いている。

「ここは、不吉な場所だから誰も近寄らないのではなかったのですか？」

ミリアムを無視し、彼は周囲を漂っている白い光と会話をしているようだ。

「お兄ちゃん。その白いのはなに？　誰……？」

「君には、霊が見えるのか？」

少年が目を見開く。早足でミリアムに近づいてきてぐっと肩を掴んだ。ミリアムの濃緑色の瞳をじっと見つめている。だから彼女も澄んだ青い瞳を見つめ返した。

いくら見つめても、瞳の中に映るのは互いの姿だけだろうに。

「そうか……。これは思わぬ収穫だったな」

無愛想だった少年の顔が、急にほころぶ。

「お兄ちゃんにもあれが見えるの？　霊って死んじゃった人ってこと？」

「そうだ。君も私も、特別な目を持っている。そういう人間はとても少ない。……会えて嬉しい。君の瞳は、本当に貴重なものなんだ」

少年がミリアムの手を取り、頬を赤く染めて力説する。けれどミリアムは黒い霧を見たくて見ているわけではない。ほかの人間と違うことは、彼女にとって苦痛でしかなかった。

「私、こんな目は嫌いだもん。白いのに会ったのは、今日がはじめてだけど、黒い霧なら時々見たくないのに見えちゃうの。追いかけてくるし、怖いの！　それに、黒い霧のせいで悪いことをしている人がいるって話をすると、皆に怒られるし。すごく嫌」

「……君が黒い霧と呼んでいるものは、悪い感情を持っている霊だ。憎しみや未練を残して死んでしまった人の魂――わかるか？　彼らはとても悲しい存在だ」

「そうだったんだ」

ミリアムにとって黒い霧は、正体がまったくわからず、だからこそ恐ろしい存在だった。その正体を知ることができたのは、彼女にとって収穫だった。

彼に言われてはじめて、あの黒は汚い色ではなく、夜のような冷たく寂しい色のように思えた。

「私と一緒にいる白い光は、もともと力のある存在の死後の姿だ。盟約により、死してもこの国の守護者であり続けている」

「よくわからないよ」

ミリアムよりも少し年上の少年は、まるで大人みたいな言葉を使う。九歳の少女には難しくて、話が理解できなかった。

彼女が首を傾げると、少年は困り顔でしばらく考え込んでから、再び口を開く。

「つまりこの国の人々を守るためにいる、善い霊で、私の祖父だ。わかるか？」

「おじいちゃん？　そうなんだ！」

目を凝らすと、白い光はミリアムに向けて手を振っているように見えた。もしかしたら陽気な性格なのかもしれないと思い、彼女は笑顔になる。

「お兄ちゃんは、そのおじいちゃんとお話ができるの？　ここでなにをしているの？」

「穢《けが》れを浄化……悪しき霊が集まっているところがあって、そこを綺麗《きれい》にしようとしている。このあいだの嵐で死者が大勢出ただろう？　その者たちがこのあたりをさまよっている。森は負の存在が集まりやすい場所なんだ」

それから銀髪の少年は、また祖父の霊だという光と小声で会話をする。「ここは危険」「連れて行くしかない」とボソボソと聞こえたが、ミリアムにはなんのことを言っているのかわからなかった。

「君には一緒に来てもらう。一人では危ない。……名前は？　私はサディアス・ヘイデンという」

「私？　ミリアム！　ミリアム・アンダーソン。よろしくお願いします」

悲しい存在だということはわかったけれど、森は暗いし、黒い霧はまだそのあたりにいるだろう。そんな状況で一緒にいてくれるという彼の言葉は、嬉《うれ》しいものだった。

「邪魔をするなよ？　忙しいんだから。でも、いい子にしていたら、ミリアムのことは私が守ってやろう」

「うん！」

彼が手招きをして、ついてくるように促す。ミリアムはとくになにも考えずに、その手を取った。

「……っ！」

彼がびくりと身を強ばらせたあと、驚くほど真っ赤になった。

「どうしたの？」

「誰かに触れたのが、久しぶりだった」

「ごめんなさい。馴《な》れ馴《な》れしかった？」

知人、友人がいない環境というのは、弟がたくさんいるミリアムにはよくわからなかった。けれど両親から、他人の気持ちを尊重して思いやりを持つように、といつも言われている。だから理解できなくても、他人が嫌がることなどしてはいけない。

ミリアムはそんな気持ちで、握っていた手を離そうとした。

ところが、一瞬離れた手を今度はサディアスが取った。

「温かくて落ち着く。暗い気持ちは悪しき霊を引き寄せる。だ……だから、君が不安にならないように、手を繋いだままのほうがいいだろう。……うん、繋いでいてやる」

かなり偉そうな態度だったが、悪意は感じられない。もしかしたら、本当は彼も不安を感じているのかもしれない。大きな態度は、恥ずかしさを誤魔化すためだろう。

ミリアムは、そんな予想でにんまりと笑い、彼の手を握り返した。

サディアスの祖父だという白い霊が、二人のあいだを漂い、くるくると回っている。

「うるさいですよ、お祖父様」

サディアスが、頬を膨らませふてくされた。きっと、からかわれたに違いない。

男の子というのは格好をつけたがるものだと理解しているミリアムは、わざわざそんな指摘などしない。

サディアスは貴重な瞳を持っている人間に出会えて嬉しいと言っていた。その気持ちは、ミリアムも同じだった。むしろ、きちんとした知識を持っている彼に比べ、ミリアムのほうがずっと切実に仲間を求めていた。

だから、森の中を歩きながら、彼から霊や特別な瞳についての話を聞くこの時間が、とにかく楽しかった。

「……ここだ」

一時間ほど歩いてたどり着いたのは、先の見通せない洞窟だった。目をこらすと、洞窟の奥にある暗闇は、悪しき霊でできているとわかった。

「あれ？　さっきの霊だ……」

ミリアムを追いかけていた黒い霧が洞窟の付近を漂っていた。やがて暗闇の中から腕のようなものが伸びてきて、黒い霧が取り込まれてしまう。

「一つ一つは、ただ悲しいだけの存在なんだ。ああやって集まるとそれぞれ持っていた心を失って……邪悪なものになり下がる。……小さめではあるが、穢れになってしまったようだ」

穢れ、という言葉は建国の物語にも登場し、広く知られたものだ。物語の中では、真っ黒な異形として描かれ、周囲に疫病をまき散らしていた。

「怖がらないでいい。……私が守るから、背中から離れないでくれ」

サディアスが外套《がいとう》の内ポケットから宝石のついた短剣を取り出した。鞘《さや》から抜くと、サディアスのものと思われる神聖な気配があたりに広がった。ミリアムは短剣の影響が及んでいると思われる範囲から出ないように注意しながらサディアスの外套をぎゅっと摑んだ。

洞窟の入り口は薄暗いのに、霊たちの姿は、しっかりと見えていた。時々、人のかたちをとったり、混ざり合ったりしながら二人に迫る。

「ひっ」

深淵のような闇が二人を取り囲む。霊の塊であるそれらは、ある一定の範囲には近寄れずにいる。短剣からにじみ出る力が阻んでいるせいだ。

サディアスが守ろうとしてくれているのを感じていたミリアムだが、それで恐怖心がなくなるわけではなかった。

ミリアムの心が恐怖で悲鳴をあげるたびに、短剣の力が弱まっていく。

「大丈夫。私を信じるんだ。……そして、彼らが安らかに眠れるように祈ってくれ」

暗い気持ちは悪しき霊を引き寄せるとサディアスが言っていたのは、このことだ。ここでいつまでも怖がっていたら、本当にサディアスの力が弱まり、闇に飲み込まれてしまう。

「わ、わかった！　お兄ちゃん、がんばって！　あの人たちを助けてあげて」

恐怖心を振り払うため、ミリアムはあえて思いを言葉にした。

霊を怖がらないというのは、まだ難しい。だから、それらをどこかに追いやって、とにかくサディアスを応援することだけに集中した。

その瞬間から、不思議なほど心の中から負の感情が消えていく。

「君は……、すごいな。手を繋いでいてくれるか？」

ミリアムは差し出された手を取って、彼の隣に並び立った。繋げられた部分を通して、なにをすればいいのかを彼が教えてくれた。

一心不乱に祈っていると、周囲の気温が上昇していくような気がした。暗闇の中でも、サディアスと不思議な短剣の力を感じ、やがてそれが洞窟全体を満たしていくのがわかった。

薄らと目を開けると、先ほどまで虚無の闇だった霊たちが、人のかたちになり、光の粒になって霧散した。それは汚れのない雪のようで、ミリアムの瞳からひとりでに涙がこぼれた。

「……泣くな。負の感情は悪いものを引き寄せる」

「違うの。とっても綺麗だったから、ほっとして。あの人たち、苦しんでいたんだ……。お兄ちゃんはすごいんだね？　本当に、助けてあげたんだ……」

真っ暗だった洞窟が、清浄な空気で満たされている。

光の粒となって消えた人々は、本来いるべき場所に行けたのだろう。

「君が力を借してくれたおかげだ。私一人ではもっと手こずっていたはずだ」

「本当に？　私は役に立てたの？」

「あぁ、君はすごい子だ。きちんと習っていないのに、私を助けてくれた。霊を救ってくれたんだ」

ずっと嫌っていた瞳と、自覚なく持っていた力を認めてもらえた。

心が洗われていくような気持ちと、誰かに認められた嬉しさでミリアムが涙を流していると、サディアスが急に近づいてきて、それを拭うようにキスをした。

「……私はっ、なにを……？」

本来驚くべきなのは、突然キスをされたミリアムのほうだろう。けれど、彼のほうが驚いて真っ赤になるので、タイミングを逃してしまった。

「じゅ、順番を間違えた。ミリアムが大人になるまで待つから、私と結婚してくれないか？」

「結婚？　いいよ！　お兄ちゃん偉そうだけど優しいし、すごく綺麗だし。私のこと助けてくれたんだよね？　私も霊のこと、たくさん教えてもらってこの力を好きになりたい」

あまり深く考えず、ミリアムは申し出を受け入れた。霊が見える力を理解し、ほめてくれる人物に会えたのははじめてだった。結婚したら、ずっと一緒にいられて、きっともう力のせいで白い目で見られることもない。力の使い方も教わって、見えない人にも感謝されるかもしれない。

そしてなによりサディアスは王子様のように素敵な少年だった。少し偉そうな話し方をするけれど、ミリアムを助けてくれた。

彼女だけではない。死してなお苦しんでいる多くの霊たちを救ってくれた。

そんな彼と、明日も明後日もずっと一緒にいられたらいいと、幼い彼女が考えるのは当然だった。

「君はどこから来た？　父親の職業は？」

「あっちの町から来たよ！　お父さんは騎士をしてるの。中隊長！　皆の平和を守る、偉い人なんだ」

「騎士か。……ここの管轄は第五だったな……。わかった。町まで送るが、明日また会いに行く。万全の準備をして、君のご両親に挨拶をしなければ」

そう言ってから、サディアスは再びミリアムのほうへ身体を寄せた。前髪を払って、今度は額に軽くキスをする。

その瞬間、ミリアムの身体がカッと熱くなった。先ほどまで短剣から発せられていたような力がその身の内側に入り込んでいた。

「君には、加護を……私の力の一部を与えた。君のような人間には救いを求め、霊が寄ってくるから危険なんだ。これからは私が守ってやる。そういう契約の儀式だからなにも恐れる必要はない。……明日、きちんと説明する」

「うん！　明日も一緒に遊ぼうね」

「……遊びではないのだが。まぁいい」

幼い二人は、相変わらず周囲を漂う祖父の霊に見守られながら、手を繋いで森をあとにした。

町の入り口付近で大きく手を振って別れたミリアムは、そのまま家族が泊まっている宿を目指す。

「あれ……？　なんだか熱い」

身体が妙に熱かった。景色がぼやけて歩く人々が二重、三重に見える。

宿の入り口付近では、小さな弟を背負った母親が待っていた。ミリアムは何度か目をこすりながら、母親のそばに歩み寄る。

「ミリアム！　どこに行っていたの？　街道の封鎖が数日続くっていうから、ちょっと戻って別の道に変えることにしたわ。明日の朝早いから、きちんと支度をしなさい」

「え……？　明日、友達になった子と約束しちゃった。急いで知らせなきゃ」

約束を破るのはいけないことだ。走って追いかければ、サディアスに明日旅立つと伝えられるはず。ミリアムは慌てて踵《きびす》を返したものの、そのまま地面に倒れ込んだ。

起き上がろうとしても世界が歪《ゆが》んで見えて、徐々に視界が暗くなっていく。

「どうしたの？　熱があるじゃないっ！」

慌てて駆け寄った母が、ミリアムの額に手を当てた。母の手がやけに冷たかった。

「約束、しちゃって……会えないって言わなきゃ……」

「だめよ！　どこの誰としたの？　お母さんが言ってきてあげるから、あなたは寝てなさい」

そこではじめて、ミリアムは彼の住んでいる場所を聞いていないことに気がついた。名前はサディアスだが、一度聞いただけの名字は忘れてしまった。

「妖精みたいなお兄ちゃん。きらきら光っていて、霊とお話ができる子なの……名前はサディアス君だって」

「妖精のサディアス君？　またそんなこと言って！　どうせ夢でも見ていたんでしょ？　もう熱があるなら寝ていなさい。明日までに治さないと大変よ」

ぼんやりとした意識の中で、ミリアムはまた母を悲しませてしまったと反省した。どうせ信じてくれないから、霊のことは言わないようにしていたのに、油断したのだ。

「夢じゃ、ない……。妖精の……。あれ？　夢だったのかな……」

だんだんと、森の中で出会った少年は、ミリアムの妄想のような気がしてきた。今まで誰一人として信じてくれなかったのに、都合よく王子様が現れるはずないのだ。

「もうお姉さんなんだから、空想ばかりじゃはずかしいわ」

「……うん」

そのまま母に支えられ、宿のベッドにもぐり込む。ただ熱が出ただけで、どうしてこんなに胸が切なくなるのかわからないまま、彼女は深い眠りについた。

◇　◇　◇

穢れを払ったサディアスは、すぐにこの地域を管轄している第五騎士団の詰め所に出向いて、「アンダーソン中隊長」について問い合わせをした。

アンダーソンというのは、トアイヴス王国でかなり多い姓である。第五騎士団の中にアンダーソンは十人いるが、中隊長は一人だった。そしてミリアムという名の娘がいることも確認できた。

詳しい事情は話せないため、その娘に助けられたので礼をしたいとだけ伝え、団長を通じて訪問の許可を取り付けた。

現段階で事情を説明できないのは、高位貴族と騎士の娘のあいだにある諸問題を解決する必要があるからだ。

挨拶に行って、具体的に婚姻までの流れが説明できない状況だと、アンダーソン家は困惑するだろう。だからサディアスは急いで関係各所に使いをやって、承認を得ることにした。

祖父も父も反対はしないはずだし、国王が今まで公爵家の花嫁選びに介入したことはない。確認を取るために行動をした、という事実が重要なのであり、結果はわかっていた。

(そもそも現公爵は私だから、報告する必要があるのは国王陛下お一人なのだが)

両親は流行病で亡くなってしまい、現当主はサディアスだ。

昨年、病で多数の死者が出て、その地域に穢れが発生した。まだ流行の終息前のその地域に、無理を承知で出向いたサディアスの両親は、運悪く病に感染し故人となった。

不思議と涙が出ないのは、公爵家の人間にとっての死が、別れに直結しないせいだ。

(でも、人のぬくもりには飢えていたんだろう……)

故人となった両親や祖父母といつでも会話ができるせいで、彼は孤独とは無縁だった。けれど今日、ミリアムのぬくもりに触れて、自分が生きている人間のぬくもりを欲していたのだと思い知った。

正式な婚約をする前に、伴侶に与えるべき加護をあげてしまったのは軽率だったが、後悔はしていない。霊を見る力を持っている人間のところには、霊が集まりやすい。彼らのほとんどは、無関係な人間に害を与えないが、例外もある。いつか強い怨念を持った霊が彼女を見つけたら、恐ろしいことが起こるはずだ。

ミリアムのような貴重な存在は、同じ力を持つ者が保護をして、力の使い方や制御方法を教えなければならない。

『まったく、孫殿はいろいろと急ぎすぎる。堪え性という言葉を知っているのかの？　男の余裕が感じられん』

あきれ顔の祖父がふわふわと漂っている。

「お祖父様はたしか、九歳でお祖母様に恋をして、しつこくつきまとったのでしょう？　人のことは言えないはずです」

『ふぅ……血は争えんな……』

今回同行したのは本当の祖父だが、サディアスは先祖の霊をまとめて〝お祖父様〟と呼んでいる。

目の前にいる祖父を含め、幼い頃から先祖のなれ初めは飽きるほどに聞かされていた。皆、自分がどれだけ若いときに最愛の女性とめぐり逢えたかを自慢しているくらいだ。サディアスがあきれられたり、咎《とが》められたりする理由はなにもない。


翌日、サディアスはきちんと身なりを整え、百本のバラの花束と菓子を用意したうえでアンダーソン中隊長の家を訪れた。

公爵という高位貴族が突然私的に一介の騎士の家を訪ねるのだ。出迎えたアンダーソン夫妻は青ざめて、額から大量の汗をかいていた。

唯一、夫人の腕に抱かれている一歳前後の赤ん坊だけが、その場を和ませるように笑っていた。

「ミリアム殿を公爵家に迎え入れたい……です。本日は父君に婚約の許可をいただくために参りました」

高い身分を笠《かさ》に着て、これから義父のなるはずの人物に横柄な態度ではいけない。真摯に、丁寧に、と心の中で唱えながら用件を伝えた。

「……大変恐縮ですが、我が家のミリアムとはいつ出会われたのですか？」

夫婦はキャッキャ、と笑う赤ん坊に視線を落とす。まるでその赤ん坊が〝ミリアム〟だとでも言うように。

「なに……？」

「恐れながら、ミリアムはまだ幼く、母親の私が目を離したことはございません。……公爵閣下にお目にかかった記憶が、私にはないのですが？」

サディアスは予想外の事態に困惑し、持っていた花束を床に落とした。

「……そうだろうな、私もない」

騎士の家の応接室に長い沈黙が降りる。

『孫殿！　なにを放心しておる。……まずは人違いを詫《わ》びて、同姓同名の人物に心当たりがないか聞くべきじゃろう』

その言葉で我に返ったサディアスは、祖父の助言どおりにしてみたが、騎士にはほかの〝ミリアム・アンダーソン〟の心当たりはないという。

騒がせた詫びとして、菓子だけを置いて騎士の家をあとにした彼だが、このときはまさかミリアムを見失う未来など、想像すらしていなかった。

その後、サディアスは第五騎士団と町にいるすべてのアンダーソン姓を調べたが、ミリアムという少女の消息は摑めなかった。

彼女がわざと嘘をついたとは思えないが、聞き違いや認識のずれがあったのかもしれない。

「ミリアム・アンダーソン……。なんて、なんて……平凡な名前なんだ」

それからサディアスは、消えたミリアム・アンダーソンの情報を追い求め、旅をし続けた。

しかも彼には霊廟《れいびょう》の管理という職務があるから、遠くまで赴くことができない。血縁者や祖父母の協力があっても、広い国内でたった一人のミリアムを見つけ出すのは困難を極めた。

貴族とは違い、中流階級以下の戸籍制度がかなりいい加減なせいもあり、再会までに十六年の時が流れた。

◇◇◇

「言えない……」

婚約者が眠っているのをいいことに、サディアスは彼女の希望を忘れたふりをして、同じベッドで眠った。

目を離すとまた消えてしまうのではないかと、とにかく不安だった。

「君を呪った人間が私だなんて、言えるはずがない。……そもそも君に与えたのは呪いではないんだ」

起きている彼女には到底話せない真実を独白する。

ミリアムが呪いだと思っている力の正体は、サディアスが与えた加護だ。彼の加護は、害となる存在から、彼女を守るためのもののはず。サディアス自身も知らなかったが、純潔を奪おうとする男も害と見なされていたようだ。

あの時からずっとミリアムの婚約者は自分なのだから、彼女に不埒《ふらち》なまねをしようとする男は害でしかない。だから、加護の作用そのものは正常に働いていたことになる。

「ミリアム……。なぜ……覚えていないんだ?」

この人しかいないと想い定めた相手に忘れられ、守るために与えた力を否定されている。

当時九歳だった彼女に罪はなく、説明しないまま見失ったサディアスが悪いのだとわかっていても、やるせない。

サディアスは、見失ったミリアムを見つけさえすれば、すべてがあるべきかたちに戻ると考えていた。代々の当主から散々聞かされた自慢話のような最愛の人との日々が、すぐに手に入る気でいたのだ。

けれど実際には出会ったあの日よりも、二人の関係は後退している。子供同士の約束とはいえ、彼女は純粋にサディアスに好意を持ち、結婚を承諾してくれたのに。

それが今では、実家の事情につけ込んで、公爵家の責務を果たすための候補が君しかいないと同情を買い、彼女の逃げ道を塞ぐという手段を取るしかなかった。

彼女が復讐《ふくしゅう》を誓う相手が自分であることを告げないまま、淫らな儀式で虜にしようとすることが、いかに卑怯《ひきょう》か。彼自身もよくわかっていた。

それでも今の時点で、呪いの真相を告げる気にはなれなかった。

「思い出してくれ。それは呪いではないと……確かに教えたはず」

願いを込めてあのときのように額にキスをしても、彼女はスー、スー、と小さな寝息をたてるだけだった。

「……とりあえず壺《つぼ》を用意しておこう。いつでも割れるように」

◇　◇　◇

ミリアムはまどろみの中で、過去を夢に見ていた。普段は優しい両親が、黒い霧やそれに関する不思議な現象については理解をしてくれない、誰も信じてくれない、そんな悲しい夢だった。

黒い霧を否定するときには、皆が口を揃《そろ》えて「おまえの空想だ、不思議な力などこの世に存在しない」と言う。それなのに、「何度も続けて、周囲に不可解な事故が起こるなんて、おまえは魔女に違いない」と決めつけた。

だったらなぜ、ミリアムは本当に黒い霧が見えるのだと、誰も真剣に考えてくれなかったのだろう。

（……誰か、昔……一人だけ、認めてくれる人がいたような気がするのに）

その人のことも夢に見ていた気がするのに、どうしても思い出せない。彼女が自分以外の誰かの存在を意識の内側で探ろうとすると、すぐに会ったばかりの婚約者の気配が邪魔をする。

説明不足のくせに、自己主張の激しい青年は、昨晩その存在を彼女に刻み込んだ。悲しい夢に出てきた人の姿を思い出そうとすると、すべてサディアスに置き換わる。

なんて迷惑なんだろうと思いながらも、どうしても憎めなくて困ってしまう。それどころか、サディアスのことを考えると胸の中がじんわりと温かくなってくる。この感覚を抱いたまま、もう少し眠っていたいのに、だんだんと意識が現実に戻っていった。

ミリアムが目を覚ますと、サディアスの姿はすでになかった。カーテンの隙間からは柔らかい光が入り込む。早起きの彼女にしては寝坊してしまった。

昨晩、公爵家の婚約者に課せられたとんでもない儀式をして、そのまま何度も快楽の頂を経験したせいだろう。

脱がされたナイトウェアを再びまとった記憶はないが、目覚めた彼女はしっかりとそれを着ていた。

サディアスが着せてくれたのだとしたら、ものすごく恥ずかしい。

『起きたわ！　起きたわ』

『サディアスに知らせなきゃ』

　突然、頭の中に声が響く。驚いたミリアムが顔を上げると、そこには貴族と思われる三人の女性が立っていた。そのうちの一人は、すぐに壁をすり抜けて部屋を出て行く。

　髪の色やドレスの色もはっきり見えるのに、同時に彼女たちが生きた人間ではないとすぐにわかった。

　なぜなら、彼女たちが透けて、しかも宙を漂っていたからだ。

『絶妙なタイミングで夫が目覚めの紅茶を運んでくるという演出は、絶対に欠かせないわよね』

（演出……？）

　こんな朝から、なぜ霊たちは舞台の話などしているのだろうかと、ミリアムは首を傾げた。

『私は新妻が先に目覚めて、夫の無防備な寝顔にときめく設定が好みね』

（せ、設定⁉）

　そこまで聞いて、男女が結ばれた翌日の朝の話をしているのだと察する。しかも、彼女たちはサディアスとミリアムのことを話題にしているようだった。

『それは体力的に無理よ。一方的に四回も、ですもの……。ミリアムさんの今後に期待しましょう』

「四回⁉　……あの、聞こえていますけど！」

明らかにミリアムが絶頂を味わった回数だった。自分のことが話題になっていると知ったミリアムは、それ以上黙っていることができなくなった。

『さすがサディアスが見込んだ花嫁ですこと。たった一晩で、わたくしたちの声が聞こえるだなんて』

部屋に残った二人がベッドに近づき、握手をしようと手を差し伸べた。ミリアムはそれに応じるが、当然彼女たちに触れてもその感触はない。

それでも霊たちを真似て、握手を交わすふりだけしてみると、彼女たちは嬉《うれ》しそうにしている。

「おはようございます。もしかしてこちらにお住まいの霊の方々でいらっしゃいますか？」

『そうそう、私はサディアスの祖母です。初代から数えて十八代目になるわ』

『私は十三代目、さっき出て行ったのは十五代目のお祖母様よ。ちなみにあなたは二十代目の花嫁ということね。面倒だから、皆まとめてお祖母様でよくてよ』

「お祖母様、とお呼びするには少しお歳が……」

サディアスの祖母の霊は四十代、十三代目は三十代くらいの貴婦人だった。実際に公爵家の先祖なのだとしても、その呼称には抵抗がある。

『お気遣いありがとう。でも、その日の気分によって自分の設定年齢を変えてるからいいの。ほとんどの者がそれなりの歳まで生きていて、今は第二の人生を楽しんでいるのだから、相当な年齢よ』

代表して祖母がそう答えた。見た目と年齢は一致しないようだ。つまりは、この中では若く見える十三代目のほうが年長者となる。

「そうでしたか……。お祖母様方、よろしくお願いいたします。それでは、そろそろ着替えをしますね」

ミリアムがベッドから立ち上がろうとすると、二人が大げさな手振りをしてそれを止めた。

『だめよっ！　サディアスが起こしに来るまで寝ていなさい』

突然ふんわりと毛布が舞い、ミリアムに掛けられた。先祖たちは物体を動かす力を持っているのだと感心していると、急に廊下が騒がしくなる。

『よいか！　我々先人の助言に従えば、孫殿は完璧な夫となれるだろう。拗《こじ》らせ童貞にしてはここまでよくやっておる』

霊の言葉は直接頭の中に響くように聞こえる。かなりの大声でサディアスの秘密を暴露しているのは、彼の祖父の霊のようだ。

『だが、花嫁に知られてはならん。経験ないけどおじいちゃんから色々教わりましたぁ……などと、かっこ悪いじゃろ？　……おぉっ？　おぬし、偉大なるご先祖様になにを――』

声の大きな祖父に対し、一緒にいると思われるサディアスの声はよく聞き取れない。

『無理をさせてすまない、痛いところはないか、と聞くんじゃぞ？　それから我が調査によれば、花嫁殿の好みは角砂糖二個じゃ。気の利かないそなたに代わってばっちり調査済みである』

聞こえるのは祖父の大声だけだが、会話の内容は容易く想像できた。

おそらく、「絶妙なタイミングでサディアスが目覚めの紅茶を運んでくる」という演出は、屋敷の住人の総意のようだ。皆が同じ目的に向かって努力をしているのに、ミリアムがそれを無駄にするわけにはいかない。

だから意識は十分覚醒していたが、祖母の勧めに従って、毛布にくるまり、まどろんでいるふりをした。

『ふんっ！　どこまでできるか見物だな』

やがて扉をノックする音がして、返事をするとティーカップやポットをトレイに乗せたサディアスが入ってくる。

「ミリアム、起きたか？」

「は、はい」

祖母たちがサディアスの死角から、ミリアムに意味ありげな視線を送っている。つまり、激しく愛し合ったあとの理想的な朝を迎えてほしいという合図だ。

彼女は仕方なく、少しだるそうに目を擦りながら、ゆっくりと身を起こした。

サディアスはサイドテーブルにトレイを置いたあと、ベッドに腰を下ろし、ミリアムの頬に手を伸ばす。

「…………その、昨晩は無理をさせてすまなかった。どこも痛くないか？」

彼は結局、祖父の助言をほぼそのまま口にした。

朝から輝く美貌の持ち主に気遣われ、真摯な瞳に見つめられている。そんな乙女の理想を再現されていても、この状況では感動できない。

『ぶっ！』

『サディアスったら、おばかさんね？　あなたたちの会話、すべて聞こえていたのよ！……ふふっ』

ミリアムがせっかく素知らぬふりをしていたのに、祖母たちは我慢ができなかったらしい。そもそもミリアムが気づいたのは、これが〝演出〟や〝設定〟だと彼女たちが語っていたせいだというのに、都合の悪い部分は棚に上げている。

「ミリアム？　もしかして、もう霊の声が聞こえるのか？」

「ええ。お祖父様の声は、とくによく響くみたいです」

彼女が引きつり笑いで正直に答えると、大きくため息をついたサディアスが背後に視線をやる。するとそこにいた祖母たちがスーッと消えていなくなった。

「そ、そうだ……目覚めの紅茶を飲まないか？　朝の紅茶ならば蜂蜜がおすすめだ。私の好物だから、かなり上質なものを用意している。君は、紅茶になにを入れたい？　ジャムもあるぞ」

砂糖以外のものに誘導したいという気持ちが、透けて見える。

先祖の助言に振り回されている彼が、とてもかわいらしく思えるのは、昨晩あんなことをしたせいもあるのかもしれない。

「私も蜂蜜が好きです」

ミリアムは甘いものならばなんでも好きだった。せっかくだからサディアスの好みを知り、それを味わいたいと蜂蜜を選ぶ。

「わかった。少し待っていろ」

サディアスは手際よく紅茶をいれて、そこに蜂蜜を流し込む。温められた蜜の甘い香りがミリアムのところまで届いた。

やがて温かいミルクティーが、ベッドに座ったままのミリアムに差し出される。

「いい香りです。いただきます」

カップが唇に当たると、花のような香りがより強くなる。かなり多めの蜂蜜が入っているのに、茶葉の香りは損なわれていない。口に含むとまろやかで優しい甘みが広がった。

「本当に美味しい……。ありがとうございます、サディアス様」

彼は自分の分の紅茶も用意して、近くにあった椅子に腰を下ろす。

「一つ言っておく。私は年長者の意見を蔑ろにするほど浅はかではない。未熟な部分について教えを請うことを、恥とは思わない。そしてすべて模倣するほど愚かでもない」

恥ではないと言いながらも、サディアスは頬杖《ほおづえ》をついて少しいじけている。

身体を気遣う言葉は、祖父の助言をそのまま取り入れたのではなく、たまたま自分もそうしたほうがいいと考えたから、と彼は言いたいのだ。

「それなら、サディアス様にお願いをしてもいいですか？」

紅茶のカップが空になってから、ミリアムは彼にそう切り出した。

「なんでも聞こう」

先に目を覚まして、空回りしながらもミリアムのために奮闘しているというのに、彼はさらに彼女の願いを叶《かな》える気でいる。

「サディアス様は、朝どんなふうに過ごしたかったのですか？　それを教えてください」

ミリアムは、彼が一目惚《ぼ》れをした理由について、いまひとつ納得できていなかった。けれど、彼がミリアムのために懸命に努力をしてくれているのはわかっていたし、彼の基準では精いっぱい誠実な態度で接しているのだろうと思っていた。

それに比べ、彼女が婚約を受け入れた動機は、打算による契約と呪われない彼への興味だ。不純な理由で受け入れたのだから、歩み寄る必要があるのは彼女のほうだった。

だから一方的に与えられるばかりではなく、サディアスを理解したいと思った。

「そうだな……？　朝の挨拶に、キスがしたい」

「では額にしてくださいますか？」

サディアスはほほえんで、ミリアムを抱き寄せた。朝の光で輝く銀色の髪も、宝石のような青い瞳も、人ではないかもしれないと疑うほど美しい。

右目の下のほくろを見つめていたら、それだけでドクン、ドクン、と心臓がうるさくなる。

前髪を払いのける手の感触のあと、柔らかい唇が押し当てられた。しばらくするとそこから熱が広がり、心まで温かくなる。

「……昨日、眠る前にしてくださいましたよね？　終わりとはじまりを揃えるのって素敵だと思うんです。……それに、私、なにか大切なこと……」

ただ温かいと感じていたはずなのに、忘れている〝なにか〟について考えると胸が痛む。その正体を知りたいのか、知りたくないのか、彼女自身もはっきりとはわからない。

そのせいで最後まで言葉にはできなかった。

やがて、彼が少し身体を離し、近い距離で視線が合う。

「……おはよう、ミリアム」

「おはようございます」

サディアスの婚約者となってはじめての朝は、彼の用意してくれた紅茶よりもずっと甘くはじまった。

第五章　公爵様と二度目の夜ですが……。

朝食のあと、ミリアムとサディアス、それから使用人の二人がサロンに集まった。

そして、彼女はまたしても、衝撃の事実を知ることになった。

「改めまして、サディアスの父にして、前当主のダレン・ヘイデンです」

「わたくしは母親のグレースですわ」

「……よろしくお願いいたします」

ダレンとグレースは流行病で早世した、サディアスの両親だった。ミリアムは驚くと同時に、どこかで納得して取り乱すことはなかった。

よく見るとサディアスは母親似だ。そして彼の美しい銀髪は、ヘイデン公爵家特有のもので、父親譲りなのだという。ダレンの場合は、家令を装うためにわざと地味なグレーに変えているが、本来は銀髪だそうだ。

霊廟を守る位置にある公爵邸は、一般人を寄せつけない。ミリアムのような特別な瞳をした人間でなければ、長期滞在は不可能な環境にある。だから霊廟の管理に携わる神殿関係者が滞在する可能性はあるものの、基本的にはヘイデン公爵家の者だけが暮らす場所だ。

現在この屋敷にいる者の中で、生きた人間はサディアスとミリアムの二人だけだった。屋敷の管理や、生きている人間のための調理、風呂の準備などは先祖の霊たちが手伝ってくれるらしい。

ダレンとグレースの二人では到底不可能な、屋敷の管理についての秘密がわかり、ミリアムはほっとした。

昨日の早朝、庭掃除が中途半端に放置されていた理由は、異様な光景をミリアムに見せないための配慮だったようだ。

陽気な霊が自由に出入りしている時点で普通の人間なら腰を抜かすだろうから、霊たちが掃除をしていたところで大して差はないだろうと彼女は思う。

けれど、公爵家の霊たちは、徐々に慣れてもらうつもりで、あれでも遠慮していたそうだ。

「それでね……。国の使いとか、誰か訪ねてくるかもしれないでしょう？　一代前が使用人役をするのが、伝統なの」

都からの手紙を運ぶ者や、生活必需品を持ってくる行商人など、霊が見えない者とやり取りをしなければならないことがたびたびある。そのために、ダレンとグレースだけは、一般人にもその姿が見えるという。

生きた人間のふりをするには、サディアスの力を分けてもらう必要がある。人数が多すぎると消耗してしまうので、使用人のふりをするのは一代前の役目となっている。

生きた人間を装う二人は、物質に干渉し、なにかを持ち運ぶふりはできるが、人間に触れることはできない。

姿が透けずに一般人にも生身の人間のように見えるだけで、能力はほかの霊と同じだ。

「あの、一つ気になっていることがあるのですが」

「なんでしょう？」

「グレース様はヘイデン公爵家の出身ではありませんよね？」

グレースとサディアスの祖母たちは、ミリアムと同じように花嫁としてこの屋敷にやってきたはずだ。特別な瞳を持つ者が、公爵家の血縁である可能性は高いかもしれないが、全員ではないだろう。

「ええ、幼い頃に保護されて神官の養女として暮らしていたわ」

「それなのに、なぜ霊となってこの場所に留まっておられるのですか？」

これは質問というより確認に近い。ミリアムはすでに公爵の妻も、夫と同じ時を過ごすのではないかと予想していて、詳しい説明を求めたのだ。

「よい質問ですね。じつは――」

「母上、その件は私が説明しますから」

それまで黙って聞いていたサディアスが口を挟む。

「あら、そうね」

「いろいろと覚えてもらうことが多くてすまない。簡単に言うと、正式な妻は公爵家の人間と同等の力を得て、この国の守護霊となる定めなのだ」

彼を受け入れるとミリアムの力が強くなる、というのは今朝身をもって知った。

サディアスの説明によれば、初代国王が右腕だった将軍に王位を譲ったのには、一般に知られていない事情があるというのだ。

約五百年前、初代国王エイブレッド・トアイヴスは神から力を与えられ、国内を恐怖に陥れた穢《けが》れを祓《はら》ったとされている。

しかし実際には、霊廟のある場所に、その邪悪な存在を封じただけで、完全に滅することは叶《かな》わなかった。

国を興してしばらくして、封印が破られる危機が訪れた。初代国王エイブレッドは、恒久的な対策として自らの肉体を使い、穢れを封じることにした。

これが、初代国王が現王家にその地位を譲った経緯だ。

もし伝説の穢れが現在も存在し続けているという事実が明るみに出ると、国が大混乱に陥る恐れがある。

だから、この真実はごく一部の者にだけ伝えられてきた。

そして墓守公爵の役割は、時々綻んでしまう封印を修復することだ。

「私、国の機密事項を知ってしまったのですね」

「大丈夫だ。もし君が花嫁になりたくないと思えば強要はできないし、今の段階なら、私から離れしばらくすれば、以前と同じ力に戻る。……口封じに消したりはしない」

サディアスはさらりと物騒なことを言う。

「まぁ、ただの一般人がそんな話をしても、誰も信じませんしね……」

建国の歴史とともに穢れのことを学んでいても、現代になってもその穢れが存在しているなどと、実際はほとんどの人が信じていない。それは、霊が見える能力を誰からも信じてもらえなかった彼女自身が、よく知っていた。

「ミリアム、聞いてほしい。もし私と結婚すれば、死しても長い時間ここで暮らすことになる。一般的な人の生からははずれてしまう」

「はい」

「だから、しばらくここにいて、見極めてほしい。私が君と永遠に近い時間を過ごすのにふさわしい相手かどうかを。気持ちが伴っていなければ、だめなんだ」

契約を一方的に破棄できるという、彼女にとって有利な条件があるのは、これが理由なのだろう。公爵家の花嫁だけが、身分に関係なく選ばれるというのも、納得ができる。

お金や義務感のために、心が伴わないまま婚姻を結んでも、互いにつらいだけだ。

「もし、断ったらどうなりますか？」

「……同じ瞳を持つ人間は、君だけではない。だから、君が気負う必要はないんだ」

それは代わりがいるという意味だ。一方で、ミリアムから選ぶ権利を奪わないための、配慮のような気がする。十六年ものあいだ、サディアスが花嫁を探していたのだから。

公爵家の血筋が途絶えたとしたら、おそらく綻びを修復するものがいなくなるのだろう。

もし、トアイヴス王国の命運があなたの選択によって変わる可能性がある――と言われたら、気にせずにいるのは無理だった。

「わかりました」

「そんなに深刻な顔をしないでくれ。……今日は町へ行くんだ。君も一緒に来てくれ。公爵邸では、生きている人間が買い物をしないと、食材が底をつく」

公爵家を訪れる人間は、都からの使いと手紙を届けに来る者、そして行商人。彼らはグレースやダレンが対応をしている。

食材についても行商人に依頼しているが、サディアスは町に出て、よく自分で買い物をするとのことだ。

「なんだかデートみたいですね」

「デートか……。そう思ってもいいのだろうか？」

ミリアムは小さく頷《うなず》いた。もしこれがデートだとしたら、生まれてはじめての経験になる。

◇　◇　◇

ルーセベルクは、古都という雰囲気がぴったりの、昔の建物がそのまま残る美しい町だ。新しい建物も、建国当初の時代の様式をできるだけ再現し、景観を守っている。

坂道と階段が多く、聖域の入り口である公爵邸から少し歩くと、町全体が見渡せる場所に出る。

ミリアムは視線を感じて、隣を歩いている青年を仰ぎ見る。彼の青い瞳は、なにかを乞うように、じっとミリアムを見つめていた。

「どうかなさいましたか？」

「その、手を繋《つな》いでもいいだろうか？」

「は、い……どうぞ？」

二人ともいい大人なのだし、婚約者なのだから、この程度でいちいち恥ずかしがる必要はない。けれどサディアスの態度が初々しすぎて、ミリアムまでそれに引きずられてしまう。

彼の手が触れる直前、呪いが発動しないか気になり一瞬身を強ばらせた。

昨晩あんなに激しく触れあったのだから、大丈夫だと十分に証明されているはずなのに。

それでもミリアムはまだ、自身の呪いを恐れている。呪いのせいで不幸になった人間は、彼女に触れた男性だけではない。彼女は自分の家族も不幸にしてしまったのだ。

その件をサディアスにはまだ詳しく話していなかった。

うしろめたい気持ちがあるのに、心地よい手のぬくもりがそれをかき消してくれる。彼の態度や与えてくれる言葉を受け入れ、すべて忘れて楽になってしまいたい衝動に駆られる。

「人の手は温かい」

「そうですね。私も忘れていました」

お互いの手はほぼ同じ温度のはずだが、握っているうちに温かくなってくる。誰でも知っていることすら、二人にとっては新鮮だった。

「家族以外の男の人と手を繋ぐのははじめてです」

正確には十四歳のときに、商家の青年と繋ごうとしたことはあった。でも触れた瞬間に呪いが発動したのだ。

「……はじめて、か。きっと、これからはいつでもできる。私たちは婚約者同士なのだから」

サディアスの表情は暗い。彼ならば、ミリアムが誰とも触れあったことがないという事実を喜びそうなのに。そう予想していた彼女は、真逆の反応に驚いた。

「サディアス様?」

「……私もあまり他人を知らない。だから、君のつらさを思うと胸が締めつけられる」

暗い表情は、ミリアムに対する思いやりだった。サディアスは生きた人間と過ごす機会があまりないようだし、ミリアムはほかの男性には触れられない体質だ。

こんな普通のことすら特別で、だからこそ彼女は恐れていた。

一目惚《ぼ》れだという彼の想いは、なにかの呪いか魔法のようなもので、いつか消えてなくなるのではないか。彼女自身も、呪われない特別な男性だからサディアスに惹《ひ》かれている

ように感じるだけで、そこに恋心などないのではないか、と考えてしまうからだ。

いつか二人を取り巻く状況が変わり、互いにほかの相手を選べる可能性が出てきたとしたら、そこから永遠に近い時間、同じ気持ちでいられるのだろうか。

「君の好きなものを知りたい。今晩は君の好きな食事にするつもりだが、なにがいい？」

ミリアムの不安をよそに、サディアスは二人の仲を深める努力をしている。

彼に迷う様子がなく、その根拠がよくわからないから、余計に不安になるのだろう。けれど、知ってほしい、知りたい、という前向きな気持ちは、彼女の中にも存在する。

「でしたら、母から教わったシチューを作りたいです。……あ、でも貴族の方が召し上がるものではありませんね」

「いや、旅先でよく食べる。それに、普通の貴族は食材を自分で買わないだろう？　そもそもうちは普通の貴族とは違うのだ。今夜は二人でシチューを作ろうか？」

「サディアス様が一緒に、ですか？」

ミリアムには初代国王の直系が、厨房《ちゅうぼう》で肉や野菜を切り刻む姿など想像ができない。

「公爵家ではそういうことも習う。私は料理もできるし、紅茶も自らいれられる。火起こしはお祖父様たちが得意だから、つい頼ってしまうが料理は好きだ」

だとしたら、今朝の紅茶は運んだだけではなく、自らいれてくれたのだろうか。サディアスはおそらく大貴族の感覚からも、庶民的な感覚からもだいぶずれている。料理人を目指すつもりがないのなら、庶民の男性でも料理などしない。

けれど、二人で同じエプロンを身につけて、厨房に立ったらきっと楽しいだろうと想像し、ミリアムの口もとがゆるんだ。

「そういえば、ご先祖様たちがお掃除や庭仕事をしているのでしたね。公爵家ではそれが普通なんですね？」

家庭教師として雇われたはずだったのに、気がつけば花嫁候補になってしまったミリアムだ。先祖が掃除や食事の用意をしているのだから、本来ならもっと積極的に手伝うべきなのだろう。

けれど霊たちは口を揃えて「花嫁修業が最優先」だと言って、それをさせてくれなかった。

だから今もこうして、サディアスとの仲を深めるために、買い物を楽しんでしまっている。

冷静に考えると、霊になっているとはいえ、彼らは高位貴族だったはず。それが庶民のミリアムの世話まで文句を言わずにやってくれるのだ。

サディアスが本来貴族がやらないはずの仕事を抵抗なくできるのは、それが公爵家の伝統だから、ということになる。

「そうだ。だから、ミリアムが思い描くような貴族の暮らしは期待できない。一般的な中流階級の生活とそう変わらないと思う」

公爵邸での暮らしは、先祖の霊のおかげでなんの不便もない。けれど、一般的な貴族に

比べたら質素で、娯楽の少ない生活を送っているようだった。

ミリアムとしても、多くの者に傅《かしず》かれる生活を望んではいない。

「今までの生活と、かけ離れてしまうほうがむしろ不安です」

「そう思ってもらえると、ありがたい。……食材は後回しにして、まずはミリアムの服を買いに行こう」

「そんな、いただけません」

サディアスもイヴィットも、着ている服は上等で、デザインは洗練されている。貴族の屋敷で家庭教師をしていたミリアムの服は、品質こそ悪くはないが、とにかく地味だ。

「気にするな。これも公爵家の花嫁に必要なものだから。私の行きつけの店だが、女性用の品揃えも豊富だ」

先ほどサディアスは、公爵邸での暮らしが庶民とあまり変わらないと言った。けれど、違うところもあって、服装は公爵家の一員としてふさわしいものに改めさせるということだろうか。

ミリアムは、高価なものを際限なくほしがるような人間になるつもりはない。けれど、もしかしたら、結婚をするかもしれない相手がなにかを贈ってくれるのだとしたら、それを嬉しいと思う普通の女性だ。

遠慮する言葉を口にしながら、どこかで期待している。少しふわふわした状態で、サディアスに導かれるように道を進む。

そしてたどり着いた場所は――。

「ここだ」

「……森の達人、山の挑戦者。登山用品アビーの店?」

どうやら、本当に必需品を買うだけのようだった。公爵家は霊廟の管理をするために、この地にあるという説明はすでに受けていた。

彼はなに一つ嘘など言っていないのに、ミリアムはつい肩を落とす。

「いらっしゃいませ。……領主様! 女性の方をお連れとはめずらしい。というか、はじめてですな」

野太い声で出迎えてくれたのは、熊のように大柄な男性だった。行きつけの店ということもあるのだろう。かなり気安い関係だとわかる。

公爵という立場の彼が、庶民的な店に身分を偽らず出入りしている事実に、ミリアムは驚いた。

サディアスの特徴的な銀髪は目立つので、お忍びが難しいのかもしれない。

「私の婚約者だ。近々霊廟に行くから、ブーツや外套《がいとう》がほしい」

「……へぇ」

店主がなぜか二人のあいだ、腰の下あたりに視線を送る。そこにはしっかりと繋がれた手があって、それに気がついたミリアムは、パッとサディアスから距離を取る。

店主がニヤけていることが見なくてもわかったので、ミリアムは目を泳がせた。

「領主様は、てっきり女嫌いで一生結婚できないものと思ってましたが、婚約者には違うんですねぇ。よかった。よかった！」

「女性が嫌いなのではない。……彼女以外に興味が持てないだけだ」

涼しい顔でさらりとのろけるサディアスに、ミリアムはただ戸惑うばかりだ。

その後、聖域に入るのに必要な山登りの道具一式を揃えた二人は、町の大衆食堂で昼食をとってから、夕飯の食材を買って帰った。

どこに行ってもサディアスは「領主様」として認識されていた。だが、そう呼んでいるだけで、町の人々にはあまりかしこまる様子はない。成人前に両親を亡くした若き領主のことを大人たちが気にかけて、息子のように思っているのだ。

「サディアス様は皆に愛されているんですね」

他者と自身を比べる行為ほど馬鹿馬鹿しいものはない。それでも、ミリアムはサディアスをうらやましいと感じてしまった。

同じように特別な瞳を持っていても、彼には霊廟の守護者という使命があり、皆に愛され、国中から必要とされている。

一方ミリアムは、見えるだけでなにもしてこなかった。その結果、他人からは怖がられ、近しい人とは距離を置くことになってしまった。

「そうかもしれない。……だが、こうやって触れることが許される人間は限られる。欲張りかもしれないが、私には君が必要だ」

その関係は、すぐに逆転するだろう。彼のような存在を真に必要としているのはミリアムのほうだ。

ずっと彼の手を握っていたら、離せなくなる予感がミリアムにはあった。

◇◇◇

夕食は宣言どおり、サディアスも厨房に立ち、一緒にシチューを作って食べた。

一人で都に来てから、ミリアムにはあまり料理をする機会がなかった。だから、完璧とは言いがたい仕上がりになってしまった。

それでも誰かと一緒というだけで、どこかの店で食べるより何倍も美味しく感じられた。

そして夜が更けて、また儀式の時間となった。明かりの少なくなったサディアスの部屋で、今夜も淫らな花嫁修行がはじまる。

ベッドの端に座っているだけでも、昨晩の感覚が蘇《よみがえ》ってくる。

「怖くはないか?」

「はいぃっ」

極度に緊張をしているミリアムの声はうわずった。昨晩はまさかこんな淫らな行為をするとは思っていなかったから、その場の勢いで挑んだ。

今は、これからなにをされるのか、そのあとどうなるのかわかっていて、それゆえの戸惑いがある。

「大丈夫だ、気持ちのいいことしかしない」

座ったままの状態で、サディアスが顔を寄せてくる。安心させるための浅いくちづけが施されても、彼女の緊張は解けない。

それどころか、触れているだけで期待し、下腹部がジンとなる。期待で疼いてしまう身体が恥ずかしく、余計に身を固くした。

「私に委ねて」

強く引き寄せられ、再びキスが交わされる。今度は舌が侵入し、ミリアムのそれを絡め取る。男性としては決して大柄ではないのだろうが、均整の取れた広い胸に身を預けると、うっとりとしてしまう。

激しく口内を探られると腰のあたりが蕩《とろ》け、彼にすべてを委ねたいと思ってしまう。きっとまた今夜も、何度も絶頂に導いてもらえるのだ。

「ま、待ってください」

キスでほだされ、うっかりサディアスにされるがままの状態になりそうだった彼女の意識が、急に現実に戻ってくる。

「どうしたんだ？」

「順番を変えてほしいんです。昨晩みたいにされると、私の体力が持ちません。だから、まずサディアス様が先で、私がそのあとにしてください」

昨晩と同じ手順だと、ミリアムだけが何度も昇り詰めることになる。冷静に考えれば、最初の一回は不要だった。

すでに、彼を高める方法は学んでいる。だからできるはずだと考えて、彼女はサディアスの身体に手を伸ばした。

「断る」

強い力で、サディアスがミリアムの手を取って、そのまま柔らかいベッドに押し倒した。

「なぜですか？」

「……中途半端な情けない状態を、君に見せたくない！」

サディアスは真っ赤になった。男性の象徴は、興奮すると硬く大きくなる。

ミリアムは昨晩、昂《たかぶ》った凶器のような彼の欲望を見て知っているが、普段の状態を知らない。

どちらかと言えば、幼い弟たちの股のあいだにぶら下がっていたような、かわいらしいそれのほうが受け入れやすいのだが、「小さいほうがいい」が禁句だという認識はあった。

「でも」

サディアスに男性としての譲れないものがあるのと同じで、ミリアムにも耐えがたい羞恥心がある。いくら彼の力を受け入れた副作用だとしても、一方的に何度も高みに昇らされ、それを冷静な彼に観察されるのが嫌だった。

「一人はいやなんだな？　……繋がらずに、二人で高め合う方法があるそうだ。今夜はそれを試してもいいだろうか？　君が感じすぎないように、手加減はする」

「わかりました。お願いします」

手首を摑んでいた彼の手が離され、ナイトウェアのボタンが外されていく。新緑の季節でも、夜になると少し寒い。露出した素肌が、ひんやりとした空気を感じたのは一瞬だけだった。すぐに覆い被さったサディアスが、胸を弄びはじめる。

「……君の胸は柔らかくて、さわり心地がよすぎる。誰にも見せたことがないのだろう？　私だけのものだ……私だけだ……」

ほんのわずかな時間、全体を手のひらでこね回されると、それだけで頂が立ち上がった。まるで、ここにも触れてほしいと主張するようだ。

サディアスがそれを見つけて、口の端をつり上げた瞬間、ミリアムの身体はカッと熱くなった。

つんと硬くなった場所が摘まれて、指先で刺激される。痛いような、もどかしいような不思議な感覚に、ミリアムの身はビクッと反応してしまう。

「……ぁっ、先は、敏感で……んっ」

「そうだな、では優しくする」

そう言って、彼は胸の頂を口に含み、転がすように丁寧に舐めていく。昨晩もそこをたくさん弄られたはずなのに、ミリアムが刺激に慣れることはない。

むしろ、何度も経験した快楽の気配を感じとり、身体が先に進もうとしている。胸を弄ばれるたびに、下腹部が刺激をほしがった。

「あぁっ、胸はっ、弱いみたい……です。んっ……だめっ」

あまりたくさんされると、そこが腫れ上がり、敏感になりすぎてしまう。だからミリアムは身をよじってうつ伏せになり、ささやかな抵抗を試みる。

サディアスは羽織っていたシャツを脱ぎ捨てたあと、中途半端に乱れていたミリアムのナイトウェアを引き剝がす。そのまま首筋や背中にたくさんのキスを降らせた。

「ひゃあっ！　くすぐった……い。あぁ」

昨晩彼は、背中にはあまり触れなかった。ほかの部分とは違い、圧倒的にこそばゆさが勝り、ミリアムは涙目になった。

身体が反ると、そのタイミングでシーツと胸のあいだに指が差し込まれた。背後から胸への刺激を与えられ、背中には舌が這う。

くすぐったくて嫌なはずなのに、本気で抵抗できないのは、やがてそれが快楽に繫がると期待しているせいだ。

「君は、どこもかしこも感じるみたいだ」

耳もとでボソボソと囁かれ、吐息が吹きかけられると、彼の言葉を肯定するように、また身体が跳ねた。

「……んっ、あぁ……恥ずかしいから、言わないでっ」

耳から首筋、背中をなぞり彼の愛撫がどんどんと下のほうへ移動していく。うつ伏せにられた。


なっているミリアムの腰を持ち上げられ、臀部《でんぶ》だけを高い位置に留めるような格好をさせられた。

そのまま、ドロワーズが下ろされ、膝のあたりで引っかかった布が、彼女の動きを制限した。彼は露わになったミリアムの臀部に触れ、柔い肌にキスを降らせる。

「はぁっ、はっ……んっ」

はじめて触れられる場所は、とにかくくすぐったい。ミリアムはシーツを乱し、枕をたぐり寄せ、そこに顔を埋めて刺激に耐える。

身体の奥で、蜜が生まれているのをはっきりと自覚していた。

「ん――っ、んっ！」

サディアスが予告なしに花弁をそっと撫であげる。真面目な彼はミリアムの願いを叶《かな》え、無言のままだ。溢《あふ》れた蜜を周辺に塗りつけ、そのたびにクチュ、クチュ、と湿った音が響く。

こんなにも濡れているのだと教えるように、わざとしているのだ。

やがてサディアスがカチャリと音を立てて、ベルトをはずし、トラウザーズをくつろげた。

ミリアムは次になにをされるのかわからない不安と期待で、どうにかなってしまいそうだった。

やがて花弁のあたりに、なにかが押し当てられる。指ではなく、その何倍も太いもの――

—彼の男の象徴だ。

「それはっ！　だめ、まだしないって」

「大丈夫。君の純潔は奪わない」

ミリアムは昨晩の時点で、純潔を保っていると堂々と言っていいのか疑問だった。処女地を侵されていないだけで、それに匹敵するようなことをしてしまった気がするのだ。

腰を引き寄せられ、獣のようなはしたない格好のまま、ミリアムの秘部を猛々しい竿《さお》が擦る。先端の膨らんだ部分が敏感な花芽に触れるたび、ビリビリと衝撃が奔《ほとばし》る。

「脚をぎゅっと閉じて。もっと気持ちよくなれる」

甘い誘いに乗って、ミリアムは彼の言葉を忠実に実行してしまう。

「ん……、こう？　ですか……？　ひゃぁっ、あっ」

しっかりと脚を閉じると、彼の太いものがその隙間を出入りし、それまでより強く、秘部に当たるようになった。

反り立つものが花芽を押しつぶし、何度も、何度も、擦りあげる。

指や舌で弄ばれたときよりも、不安定な力加減で、それが思いも寄らぬ刺激になる。

「そう……だ。そうやって狭くしてもらえると、私はすごく心地がいいんだっ。……君は、好きなところに当たるようにするといい」

花弁の部分を擦られるのも心地がいいが、腰が浮いてしまいそうなほど強い快楽を生み出す場所は、ぷっくらと膨らんだ花芽だった。

そこを強く刺激してもらえるように、脚の力を強め、背中を仰け反らせる。ほしがっていることが彼に伝わる、恥ずかしい行動だ。

「私、これ……だめっ、果ててしまいそ……う。あぁっ」

「すまない、達したくないのだったな？　夢中になりすぎた」

「え……？　あっ……うぅ」

このまま同じ律動で続けてもらえたのなら、確実に昇り詰めることができたはずだ。それなのに彼は、打ちつける腰の動きを緩め、わざと体勢を変えてしまった。

ミリアムから彼の表情はうかがえない。けれど彼の人となりからして、意地悪でやっているのではないのだろう。

だから彼女は、あれが羞恥心から出た言葉だったなどと言えなかった。

「はぁっ、ん」

いっそ互いの敏感な部分をすり合わせるという今の行為をやめて、昨晩のように手でしたいと強く主張すればいい。もしくは、強がらずに絶頂まで導いてほしいと願えばいい。

頭ではわかっているミリアムだが、考えたことが声にはならず、涙を浮かべながら悶《もだ》えた。彼のしている行為は、手加減ではなく、焦らしだった。

弾ける寸前まで行っていたのに、軽い刺激に切り替えられ、切なくて、もどかしくて仕方がない。

だんだん頭がぼんやりとして、ほんのささやかな自分の矜持《プライド》などどうでもいいと思えてくる。

「あぁっ、サディアス様……。もっと……」

濃緑色の瞳から溢れる涙は、背中を向けているせいでサディアスには見えないのだろう。もし、顔が見えていたらミリアムの本音に気がついてくれたかもしれない。

それが叶わない今、言葉で伝えるしかなかった。

「どうしたんだ？　これは嫌なのか？」

「ちがっ……。その……切ないの」

何度も首を横に振って、意思を伝えようとした。はしたない欲望を口にするのは、勇気がいるが、まだ続く中途半端な責め苦に、ついに根を上げた。

「ミリアム？」

「私も一緒にっ！　もっと気持ちよくして……サディアス様、お願い……」

「それはよかった。君をあまり感じさせないようにしながら先に自分が昂るのは、私にはまだ難しいようだ。おそらく高等技術なのだろうな」

彼はそう言って、激しい動きを再開させた。焦らされていた分、余計に感じてしまったミリアムは、すぐに圧倒的な快楽の波に飲み込まれそうになる。

「……はっ、あぁっ。気持ちいい……んんっ、ん、すぐに来ちゃ……う！」

サディアスの呼吸も荒くなっている。短く熱っぽい吐息を聞きながら、ミリアムは脚をガクガクと震わせて、それでも必死に力を込め続けた。

二人で一緒に昇り詰めるというこの方法は、女性が力を抜けば成り立たない。言い訳のしようがないほど、ミリアムは彼が与えてくれる圧倒的な波を欲していた。

あとはそれが弾けるだけ、もうどうやっても戻れない、という状況まで追い詰められていた。

『孫殿は乙女心のわからん奴じゃの……。花嫁殿は恥ずかしがっているだけで、本当は気持ちよくなりたいに決まっておるというのに。ベッドの中での嫌は逆の意味だと教えなかったのは、我らの過ちかっ？』

『ちょ、ちょっとあなた！　声が大きすぎますわ』

突然、ミリアムの頭の中に声が響く。今朝紹介されたばかりのご先祖様たち——最も大きな声はサディアスの祖父だった。

「……知らなかった。君は今、嘘つきなのか」

言葉と同時に、サディアスがミリアムの脚を強く押さえ込んで、男根を擦りつける動きを限界まで速めた。

「いやぁぁぁっ！　あぁっ、だめぇ——っ！」

なぜ閨事《ねやごと》の最中に第三者の声が響くのか、冷静に考える時間もないまま、ミリアムは激しく達してしまった。

◇　◇　◇

穏やかな朝。ミリアムは腕を腰に当てて、〝エロおやじ〟ことサディアスの祖父をはじめ、覗き見をしていた五人の霊を並べて見下ろしていた。

「……いいですか？　私には霊の常識などわかりかねますが、かつては生きていたのですから、私の言いたいことくらいわかりますよね！」

昨晩、ミリアムが一度絶頂を迎えた直後に、サディアスも果てた。当然、初日のように口の中に吐精し、彼女の身体はすぐに媚薬に侵された状態となった。

結果として、彼らにまともな抗議ができないまま、サディアスに昂った身体を癒やしてもらうしかなかった。

ミリアムが嫌がり、本気で泣きながら抵抗しても、「そんな姿もかわいらしい」と言い、彼は決して指や舌の動きを止めなかった。祖父のつぶやきを鵜呑《うの》みにして、拒絶の言葉を恥ずかしがっていると勝手に解釈し、ますます激しく行為を続け、熱っぽい視線を向けて喜んでいた。

彼女が疲れ果てた頃、サディアスが額にキスをして儀式を終わりにした。心は最後まで抵抗したかった彼女だが、優しいキスをされて抱き寄せられると安心して、そのまま寝入ってしまった。

そして今朝、すっきりと目を覚ましたミリアムは、うっかり快楽に溺れて忘れかけていた怒りを再燃させたのだった。

本当なら、六人目としてサディアスも並べたいところだが、彼と目を合わすことがあまりに恥ずかしいので、諦めた。

本来マイペースな婚約者に向けるべき怒りまで、霊たちに請け負ってもらうしかない。

『見ていない。天蓋の中は暗いから全然なーんにも見えないのだっ！』

ブンブンと首を横に振りながら、祖父の霊が言い訳をしている。ほかの先祖たちも、彼に同調するように、何度も頷《うなず》いた。

「では、声を聞かないでくださいますか？」

ミリアムが祖父の言葉を一蹴した。すると今度は、その妻である十八代目の祖母が大きな身振りでミリアムの正面までやって来て、夫を援護する。

『違うのよ、ミリアムさん。サディアスは二十七歳にして、遊びですら女性を相手にしたことがないという、奇跡のような男なのよ。とんでもなく下手くそだったら、我が公爵家は花嫁に逃げられてお家断絶の危機でしょう？　ですから見守って……』

「サディアス様は下手くそではありませんっ。とってもお上手です！」

サディアスは未経験とは思えないほど閨事が上手い。この件に関しては、誰かと比較できないミリアムだが、吐精したものが媚薬《びやく》になるという特殊体質の件を除いたとしても、十分すぎるほど上手い。

身内に童貞だということを、何度も暴露されるサディアスに同情する気持ちもあり、彼女はつい声を荒らげた。

『ええ、そのようね。おほほっ』

『愛ゆえに……、愛ゆえに。人はいくらでも勤勉になれるのだろう』

霊たちが目配せしながらニヤニヤと笑った。「昨晩もすごかったわね」という心の声まで聞こえてくるので、ミリアムは猛烈な羞恥心を隠すために、頬を膨らませ、霊たちをにらんだ。

『でも、ミリアムさん。昨晩サディアスの焦らしで泣かされてたじゃない。相手の限界も考えずに、調子に乗って暴走するなんて、本当におばかさんで困ってしまうわ。……やっぱり経験者の見守りが必要なのよ』

「サディアス様は、言えばわかってくださいます！　……って、なぜ早朝からこのようなお話をしなければならないのですか？」

『花嫁殿が、わしらを一列に並ばせたのじゃろう？』

「お祖父様が覗かなければ並べません。……とにかく、夜の寝室は立ち入り禁止です。守っていただけなければ、お祖父様、お祖母様のせいで破談ということもありえますよ」

こういったことは最初が肝心だ。霊がどこにいようが、基本的には自由なのかもしれない。けれど、あの儀式を覗かれるのは誰だって嫌なはずだ。今回ばかりは公爵家の伝統だと言われても、折れるつもりのない彼女だった。

『花嫁殿、心は自由なんだ。魂とはすなわち心。律しようとしても、魂だけの我らはつい心の赴く方向に、身体が動いてしまうものよ。隠すものを失った魂だけの無防備な我らを許してくれ』

祖父の霊は清らかな表情を浮かべ、その言葉に偽りはないように思える。

「それって結局、見たいだけじゃないですか！　欲望に負けないでください」

彼の言葉は真実かもしれない。だとすると、ミリアムもこのまま公爵家の花嫁となり、死後に第二の人生に進んだら、陽気で欲望に忠実な人間になるのだろうか。

ご先祖様のおかげで、楽しく暮らせている部分もあるミリアムだが、それでは将来が不安になる。

『まぁ、……努力はする』

「約束ですよ？　お祖父様、お祖母様」

このままでは、サディアスと先祖の霊たちにほだされて、ミリアムの常識がどこかへいってしまいそうだった。

第六章　公爵様と穏やかな日々、のち雨模様。

個性がありすぎる霊たちのせいで、退屈はしないが落ち着かない日々を送り、一ヵ月が過ぎた。あれほど注意したのに、霊たちは姿を隠し、こっそりと二人の儀式を見守っている。いくら怒っても、「私ではない」と言い張り、実際に証拠がないのだから対策が難しい。どうやら彼らは、姿を隠すこともできるらしい。

七日前に月の障りがあり、儀式が一時中断となった。月の障りのときに彼の精を口にすると、その後の身体の火照りを静める行為ができないため、さすがにそうするしかないのだ。

すると最後の二日間、霊の声が聞こえづらくなるという現象が起こった。サディアスの説明によれば、彼の精を長期間摂取しなければ、以前のミリアムの能力に戻るという。けれど、彼の精を摂取する期間が長くなるほど、中断してもすぐには力が失われなくなるらしい。

やがて本当に身体を繋げて、夫婦になれば、サディアスから与えられた力は完全にミリアムのものになるとのことだった。

ミリアムはその晩、月の障りが終わって七日ぶりに彼の精を口にした。

お互いに一糸まとわぬ姿で最も感じる部分を擦りつけて、最後は口で受け止めるという行為は、何度もくり返してきたものだ。

七日ぶりにサディアスの力を受け入れると、すぐに身体が熱を持ちはじめ、強烈なもどかしさに苛まれた。

「わた、し……もう、だめ。……サディアス様、どうにかして……っ！」

「こうなってしまったのは私のせいだ。安心しろ、君の火照りを静めてやる」

すぐにサディアスがミリアムに身を寄せて、耳や首筋にキスを降らせはじめる。

儀式の順番は彼のこだわりによってほぼ決まっていて、精を口にしたあとは、すべての工程を最初からやり直すように、軽いキスから再開される。

ただ絶頂を味わうだけではなく、愛情のようなものを感じさせる行為なのに、今のミリアムにはそれが煩わしかった。

「サディアス様……今日は変です！　少し慣れたと思ったのに……んっ、最初の頃みたいに……熱いの。我慢できない、つらいの……。焦らさないで、ください」

最初の数日は、精を口にしたあと、最低三回、下手をすると五回も絶頂を迎えないと癒えなかった。それが最近では、二回で静まるようになっていたのに。

七日ぶりのサディアスの力は、それまでの努力をすべてなかったことにするかのように、強烈な媚薬となった。

いつもなら心地よく感じる優しい愛撫がひたすらもどかしく、おかしくなりそうだった。

「すまない。きっと、あいだを開けてしまったせいだろう？　恥ずかしがる必要はない。……よく見せてくれ」

彼が軽く手を添えて、脚を開くように促す。そこに触れてほしくてどうしようもなくなっていたミリアムは、自らの意思で脚をグッと折り曲げて秘部を露わにした。

すぐに彼の手が伸びてきて、親指が敏感な花芽を強めに擦りあげた。

彼が吐精する前に、散々擦られていたその部分は痛々しいほど膨れていて、簡単に快楽を拾う。

「だめっ、達《い》っちゃ……っ、ああぁぁっ！」

「本当にすごいな……」

一瞬で絶頂を迎えたミリアムの惚けた表情を、サディアスが見つめている。

クチュ、と音を立てて、彼の指が一本だけミリアムの花弁の中心に突き立てられた。

「あぁっ、気持ちいい……はぁっ、なんでっ、こんなの狡いのにっ……、サディアス様、気持ちいい、いいの」

内壁を傷つけないようにゆっくりと指が抜き差しされる。それだけでも今のミリアムにはたまならない快楽だった。

「そうだな。……私はとても狡いんだ。その自覚はあるが、君を離してやれない。もっと溺れて、私を求めてくれ……」

内壁を擦る指はそのままで、サディアスが秘部に顔を近づける。これからミリアムが一番感じることをしてくれるのだとわかり、身体が歓喜で震えた。

「んっ、ん……。あぁっ！」

激しい水音と同時に、頭まで突き抜けるような快楽が襲う。先ほど絶頂を迎えたばかりで、身体はどこまでも敏感になっていた。

きっと慣れればこの行為が平気に――とはならないのだろう。儀式が繰り返されるたびに、サディアスは相手の感じる場所を覚えて、好きな強さを知っていく。

ミリアムも快楽を拾うのが上手くなっただけで、彼が与えるものに慣れて身体が楽になるわけではなかった。

チュ、チュ、と花芽が啄まれ、天蓋の中はいやらしい音で満たされる。柔らかいのにねっとりと絡みつくような舌の感覚がたまらない。

ミリアムは咥え込んだ指の感触に震えながら、大きな波が訪れる予兆を感じていた。ついさっき、一度果ててから、ほんのわずかな時間だった。

「また……っ！　今日、おかしい、の……。サディアス、さま。また来ちゃいそうでっ、少し待ってくださ……っ、あぁっ」

本能では何度でも達したいと願っているのに、わずかに残った理性と羞恥心が、二度目の絶頂を拒絶した。

彼の頭を押しのけようともがくが、ミリアムが抵抗しても、動きを止めてはくれなかった。それどころか強く花芽を吸い上げて、無言のまま舌の動きを激しくした。

「だめ、だめぇっ、い……いやぁぁぁっ」

汗が噴き出し、真っ白なシーツを蜜で汚しながら、ミリアムは再び絶頂を迎えた。ビクン、ビクンと大げさに身体が跳ね、圧倒的な波の前にどうしたらいいのかわからないまま全身を強ばらせて、やがて弛緩した。

「はぁっ、はぁ、待って……っ、私、言ったのに」

「こちらだって恥ずかしがる必要はないと言ったはずだ」

彼はミリアムの拒絶を、都合よく解釈した。抗議をしたくても、返す言葉が見つからず、彼女は黙り込む。

必死に息を整え、心を落ち着かせても、熱はまだ消えてくれない。それでも、先ほどまで感じていた狂おしいほどのもどかしさは薄れ、少しだけ冷静にさせてくれた。

「少し落ち着いたのなら、今度はゆっくり進めよう」

「ふぁっ、……ん」

サディアスが上のほうへ移動し、ミリアムを組み敷くような体勢で覆い被さる。今度は耳たぶや首筋を優しく舐《ねぶ》りはじめた。

普段、そのあたりはこそばゆさが勝るのに、絶頂を迎えたあとの身体はどこまでも敏感だ。ミリアムは目に涙をたくさん溜めながら、彼のキスを受け入れていた。

自然と身体が密着する。すると、太もものあたりに硬いものが当たる感触があった。

「サディアス、様……苦しそう。どうして？」

無意識に手を伸ばして、彼の苦しそうな場所にそっと触れる。

彼の男の部分は、一度吐精し萎《な》えたはずだったのに、再び勢いを取り戻し、硬く大きくなっていた。美しい容姿に似合わない醜悪な竿が、そそり立っている。

「教えなかったか？　男は愛する者が感じている姿を見たら、こうなる」

一般的には一度精を放つと、時間を置かないと再びそうはならないはずだった。実際に今まで、彼から二度目を求められたことはない。

てっきり彼も一晩で精を放つのは一度だけだと思っていたミリアムは、驚くのと同時にそれを嬉しく感じた。

「私、したいです。もっと触れていいですか？」

彼の剛直を刺激して、吐精するまで快楽を与える方法は、すでに何度も経験している。いつも、ミリアムが一方的に快楽を与えられるだけになってしまう。それは彼女にとっては不満で、サディアスが二度目、三度目を求めるのなら、叶えたいと思った。

「だが……」

「だめ、なのですか？」

「だめではない。……してほしい」

「では、サディアス様は寝ていてくださいね？」

ミリアムが軽く肩を押すと、彼は素直にベッドに身を沈め、二人の位置が逆転する。

「……っ、ミリア、ム」

太く痛々しいほどに硬くなっている欲望を両手で包み込む。それから上下に動かすと、サディアスが切なそうに吐息を漏らした。

彼女自身も、まだ身体の火照りから完全に解放されたわけではなかった。彼が、眉間にしわを作り短く息を吐くたびに、彼女の下腹部が疼いて、キスをされているときと同じくらい気持ちが昂ぶった。

もっと感じさせたいと、手の動きを速め、やがてそれだけでは我慢できなくなり、痛々しいほどそそり立つ欲望を口に含んだ。

「なっ……やめろ！」

先ほどの仕返しとして、やめる気はないのだと態度で示す。嘔吐《えず》かない程度に深く咥《くわ》え込み、口をすぼめて上下に動かした。

サディアスは今まで、果てる直前になってからそれをミリアムに含ませているだけで、口淫を求めなかった。

けれど、この一ヵ月、祖母の霊からいろいろなことを聞いて、ふんわりとやり方を把握していた。

身体をきちんと繋げずに二人で絶頂を迎えるためには、互いの協力が不可欠だ。彼がしてくれるのと同じだけのものを返せていないミリアムには、この行為に対するためらいがなかった。

「ミリアム、やめてくれ……」

「痛いですか？　下手でしょうか？」

一旦顔を上げて、彼の様子をうかがう。サディアスは顔を赤らめ、嫌悪感を抱いている表情ではなかった。だから、ミリアムはすぐに行為を再開させる。

「いや、気持ちいい……ぁっ、手も一緒に……してほしい」

彼に乞われ、根もとの部分は手で、膨らんだ先端の部分を口で刺激を与えていく。上手くできていると示すように、ミリアムの頭を彼の手が撫でてくれる。

彼の先端からはほんのわずかに子種が漏れ出ているのだろうか。そうしているうちに、ミリアムの口内が熱を持ち、そのせいでより積極的になっていた。

夢中になって彼の男根をしゃぶり、絶頂まで導くことしか考えられなくなっていた。

「だめだ、もう離してくれ……っ、くっ……」

焦った様子のサディアスが、無理やりミリアムから硬い竿を引き抜いた。あっという間に押し倒され、すぐに互いの敏感な部分をすり合わせる行為がはじまった。

「果てそうなんだっ、もう……。二度も放ったら、君が壊れる……だからっ……」

最後はこうやって果てるのだろう。口淫をしているだけで高まっていたミリアムが欲していたものが、やっと与えられた。

「んっ……、あぁ」

「あぁっ、私までどうにかなってしまいそうだ！」

一切の余裕を失ったサディアスが、乱暴に腰を動かし、ミリアムの敏感な場所をめちゃくちゃに擦りあげ、絶頂まで導こうとしている。

「サディアス様っ、サディアスさ、ま……んんっ。なんで、私……こんなに……あぁっ」

淫らな身体になってしまったのは、自分のせいではない。そんな言い訳をしながら彼と一緒に果てようと、自ら腰を揺らす。

苦しそうなサディアスをうっとりと眺めながら、もう快楽のことしか考えられなくなっていた。

「あぁ――っ！」

「……っ！」

腹の上に熱い飛沫《ひまつ》が放たれた。遅れて独特な匂いが天蓋の中に立ちこめる。汗と、蜜と、大量の精で穢れても、互いを貪り合う行為を止められない。

「はっ、は……。だめだ……、七日も我慢していたせいだ……」

二度目の吐精をしたはずのサディアスは、まだゆらゆらと腰を揺らしていた。太もものの隙間から見える彼の分身は、硬さを失うことはなかった。

「サディアス、さま……？」

「君が悪いんだ。そんなに気持ちよさそうにされたら、誰だって……獣になる」

一方的な言い訳をして、再び腰の動きを速めていく。

嫌悪感を抱いたことはないが、このままでは彼の精がこぼれ落ちて、シーツを汚してしまう。

「汚れて……、洗濯が。お祖母様たちに見せられないっ」

洗濯は祖母たちが得意だから、やってもらうことが多い。時々ミリアムが担当することもあるが、一番大変な水汲《みずく》みは、霊の力を借りていた。

けれど、二人の体液でドロドロになったシーツはどうしたらいいのだろうか。そんな婚約者と過ごす時間にはふさわしくない心配事が、ぼんやりと彼女の頭に浮かぶ。

「今さらだ。君だってシーツをたくさん濡らしているじゃないか。そんなことは明日でいいから、私だけを……、ほらっ。霊も、明日の洗濯もどうでもいい……」

咎める視線を送るサディアスが、腰を打ちつける動きを激しくした。

「……あなたの、ことだけ？　……うぅ、あぁっ」

太いものが花弁や花芽を強く擦り、そのたびにクチュ、クチュ、という音が響く。

「でないと、ここを貫いてしまうかもしれない……。これ以上卑怯な手を使わせないでくれ……っ」

「んっ……、それでもいいの。あぁっ、ん！　んんっ。私、最後までしてもいい……」

こんなにも愛されているのだから、拒絶する必要などないのだろう。サディアスはマイペースで時々常識が通じないし、ミリアムを困らせることがあるが、真摯な瞳に偽りはないと感じている。

ミリアムだって確かに、サディアスに好意を抱いている。ただ、その気持ちの種類が自分でもわからないのだ。

彼に抱いている好意が、恋心なのか、愛情なのか——永遠の愛なのか、わかるのはいつだろう。そんなものは、年老いてからしか答えが出せない気がする。

だから、もういいのではないか。このまま彼の腕の中で溺れても、許されるのではないか。そんな気持ちで頭がいっぱいになった。

そのとき、サディアスが悲痛な叫びをあげた。

「いいはずがないっ、だめなんだ……」

なぜだめなのか、説明がないまま壊す勢いで腰を打ちつけてくる。ミリアムは、何度も嬌声《きょうせい》をあげて、どこまでも彼の与えるものにのめり込んでいった。

◇◇◇

「眠れない……」

二人で淫らな儀式に溺れたあと、サディアスは婚約者の寝顔を眺めながら、一人で葡萄《ぶどう》酒のグラスを傾けていた。

行為のあと、くたくたになったミリアムを抱き上げて、身体を拭った。それから、目もあてられないほど乱れたシーツを取り替えた。

祖母たちが洗ってくれると言ってくれたが、ミリアムが気にするだろうから、朝になったら自分で洗濯をするつもりだ。

そんな作業を終えて、彼女を抱きしめて眠ろうとしたサディアスだが、なぜか心にもやもやとしたものが燻《くすぶ》り、寝つけなかった。

ミリアムの眠りを邪魔しないように、しばらくそのままでいたサディアスだが、彼女がぐっすりと眠ったところで身を起こした。

それから、なにをしても気が紛れることはなく、仕方なく酒の力を借りることにした。予定では明日、ミリアムを霊廟に連れて行くつもりだった。それなら早く眠ったほうがいいというのに、身体が言うことを聞かない。

寝室の飾り棚には、初代国王縁の壺が置かれている。納屋にしまってあったものを、いつでも割れるようにと引っ張り出してきたのだ。

壺ごときでは許されない罪を犯した自覚は彼にもある。眠れないのは、罪の意識があるせいだ。

「なんて愚かなんだ……、私は」

ミリアムが復讐《ふくしゅう》するべき相手はサディアスだ。まずは親しくなることからはじめて、彼女が多少なりとも愛情を持ってくれたら、真実を告げてもきっと嫌われないだろう――そんな都合のいいことを考えていた自分を殴ってやりたい。

きっと、最初の時点で彼は間違えたのだろう。

特殊な力で彼女に快楽を与え、心までドロドロに溶かし、それが愛だと錯覚させている。

ミリアムが快楽に溺れて「最後までしてもいい」と口にしたときに、はじめてその間違いに気がついた。

彼女はおそらく、サディアスを誠実な男だと錯覚している。そして、その誠実さに好意を抱いてくれているようだった。

呪いの真相を告げたら、彼女はどんな反応をするのだろうか。裏切られたと感じるに違いない。

加護は悪しき霊に狙われやすいミリアムを守ってきた。それは間違いがないのだが、同時に彼女が今まで保護されずにいた原因でもあった。

力を持つ者の多くが、悪しき霊に襲われることがきっかけとなって保護されてきた。ミリアムがそうならなかったのは、加護のせいでどちらかというと加害者になってしまうことが多かったので、その力をひた隠しにしてきたことが原因だ。

（いっそ、このまま告げずにいようか……？）

今の状況なら、加護の力は正しく働く。

トアイヴス王国では、定まった相手のいる女性が、家族以外の異性に触れる状況など滅多に起こらない。

社交界に出れば多少はあるだろうが、代々公爵家の男は嫉妬深い。公の場でサディアスがミリアムの手を離すことなど、想像もできない。

結婚さえしてしまえば、彼女に邪《よこしま》な気持ちを抱いて触れる者はすべて悪なのだから、退けても問題なくなる。

加護の中身が変わるのではない、同じ現象が起きても、彼女はそれを呪いだとは思わなくなるはずだ。

だからミリアムは、呪いから解放されているも同然だ……。

（だめだ！　きちんと真実を告げなければ。……そうでなければ、永遠の愛など遠い夢だ）

真実を告げずにいる期間が長くなるほど、損なわれる信頼が大きくなる。ミリアムが心を開いてくれるほど、真実を知った時のダメージが大きくなる。サディアスは、そんな簡単なことに今さら気がつく愚かな男だった。

「明日、必ず……」

十六年探し続けていた彼女を失うことが、サディアスには恐ろしかった。

だが、真実を話さずにいるのは、信頼してくれるミリアムを騙《だま》そうとする卑怯者の発想だ。

「ミリアム」

「ん……サディアス、さま……」

もぞもぞと身じろぎをしながら、彼女が寝言を言う。

サディアスが望めば、呪いのような加護は取り消せる。そうすれば彼女は十六年間縛られ続けていた呪縛から解き放たれ、自由に恋ができるのだ。

もちろん彼女のような存在は霊に狙われやすいから、都にある大神殿で保護される可能性が高い。そして間違いなく歓迎される。

トアイヴス王国の神官は、結婚ができる。これは、ヘイデン家と同じように神から授かった力を残し、子孫に受け継ぐ義務があるからだ。限られた家のあいだで婚姻を結び続けると、その血が濁っていく。ミリアムのような突然現れた力を持つ者は、澱《よど》んだ血を清める貴重な存在だった。

サディアスが彼女を解放しても、彼女は多くの男から望まれるはずだ。神官の家系の若者なら、身分の保障もあるし、気の合う者もいるだろう。

（働き者で、前向きで……それから笑顔がかわいらしい君なら、多くの者に好かれるはずだ。私でなくとも……）

今のミリアムは、昔の約束を覚えていない。あんな幼い子供同士の約束に、どれだけの価値があるのだろうか。

少なくとも、当時九歳だった彼女が縛られていいはずのない、価値のない約束だ。

彼女がサディアスに興味を示すのも、唯一呪われない相手というだけのこと。本当は、サディアスは彼女の唯一ではないのだ。

彼女の選択肢を極端に狭めておきながら、そのおかげで向けられた好意に不安を感じている。それが今のサディアスの勝手な心情だった。

サディアスはベッドに座り、ミリアムの髪を撫でた。明日もこうすることが許されるのか、不安で仕方がなかった。

「明日……」

不誠実な自覚があるのに、彼女が真実を知るまでは触れることをやめられない。サディアスがそっと抱きしめると、ミリアムは再び小さな声で名前を呼んでくれた。

◇　◇　◇

翌朝、ミリアムはかなりの寝坊をしてしまった。急いで着替えると、祖母の霊がやってきた。

『あら、ミリアムさんおはよう』

昨日まで聞き取りづらくなっていた霊の声が、七日前と同じようにはっきりと聞こえた。サディアスが与えてくれる力が、身体から完全に失われたわけではなかったので、回復も早いのだろう。

「おはようございます。ごめんなさい、寝坊してしまって」

『ふふっ、いいのよ……。昨晩大変なことになってしまったのだから。朝食はわたくしたちに任せてちょうだい。サディアスが裏庭で洗濯をしているはずだから、まだ終わっていなかったら、手伝ってあげて。それから一緒にダイニングへいらっしゃい』

「……はい」

さらりと昨晩のことを言いだす祖母に、悪気はない。何が起きたか知っていることを、清々しいほど包み隠さず告げるので、憤るタイミングを失う。

諦めて裏庭に向かうと、銀髪の青年の姿をすぐに見つけた。

「サディアス様、おはようございます」

呼ばれた彼が振り返る。シャツを腕まくりし、少し着崩した姿を見るのははじめてだ。ほんの些細《ささい》なことだが、普段と違う一面を見つけて、ミリアムは嬉しくなった。

「おはよう。今日は洗濯日和だった」

洗濯はすでに終わっていたようで、張られたロープにきっちりと大きなシーツが掛けられている。初代国王の直系で、公爵という高い身分にある青年が、早起きして自ら洗濯に精を出す光景は奇妙だ。

霧の多いこの地にしてはめずらしく、朝からすっきりと空が晴れ渡っていた。

爽やかな笑顔のサディアス、青い空に、白いシーツ、そして白い女性ものの下着……。

ミリアムは卒倒しそうになった。

「……あの、……こ、こ、これはすべてサディアス様が洗ってくださったのですか？」

「ああ、もちろんだ。得意ではないが、洗濯くらい問題なくできる」

誇らしげな顔で、爽やかに額の汗を拭った。本来身分の高い人間がやらない仕事を笑顔でこなす彼は、やはり変わっている。

「あの……ありがとうございます。寝坊してしまって、ごめんなさい。……それで」

「どうした？　お祖母様にシーツを洗われたくないと思って、責任を取って私がやったのだが？」

「……はい、あの……でも私の下着は、洗わないでください！」

彼は変わり者だと理解しているし、家事を手伝ってくれる姿に親しみも感じる。それでも、許してはいけないことがある。

サディアスの顔には「ほめてくれ」とはっきり書かれていたのに、不満を言うのは気が引けるが、仕方がない。

「毎晩見ているし、脱がせているのに……洗うのはだめなのか？」

彼がわかりやすくしょんぼりと落ち込んでいる。普段の言動は常識的なのに、時々なにかが抜けているのだ。

「男性に洗ってもらうのは恥ずかしいので、やめてください」

「見たり、脱がせるのはいいのか？　もしかして、剝ぎ取らずに君が自分で脱ぐほうがよかったのか？」

「……夜は見てもいいです。自分で脱ぐのは恥ずかしいので、嫌です」

「どういう理屈なんだろうか？」

どうやら、あの儀式をするときに触れているし見ているのだから、下着を洗うのも問題ないというのが彼の理屈らしい。

洗濯の仕方は先祖の霊から教わったのだろう。祖母たちは、いつもサディアスの下着を洗っている。ミリアムも時々サディアスの下着を洗っている。だから、彼がミリアムの下着を洗ってはいけない理由がない……という思考のようだ。

「本来なら、下着を男性に見られるのは、女性にとって恥ずかしいことなんです。でも、夜はその必要があるから特別です。状況によって、恥ずかしいものが変わるというのは一般的にあることだと思います。たとえば医療行為のときだけは、素肌を晒《さら》しても抵抗が少ない……などでしょうか？」

「わかった。……さすがに家庭教師だけあって、説明がわかりやすくて助かる」

「肝心のイヴィット様がいらっしゃらないので、役目を果たせませんけれど」

都とリィワーズの二箇所を回って帰ってくるはずの彼女は、いまだに姿を見せない。結局、家庭教師として雇われたはずのミリアムは、教え子がいないため花嫁修業に専念している状態だった。

「イヴィットか……。そろそろ戻ってきてもおかしくはないのだが、都で羽を伸ばしているのだろう。それに巫女としての職務もあるから、都に留まるのは仕方がない。それより、君の体調は？　昨日はかなり激しくしてしまったから心配だ」

七日ぶりだったとはいえ、昨晩は二人ともひどく乱れていた。本当はなぜサディアスがあんなふうになったのかが気になるミリアムだが、聞けるはずもない。

油断すると、必死なサディアスの姿が目に浮かんで、すぐに顔が赤くなってしまう。

「大丈夫です。お祖母様たちの声もはっきり聞こえますし、たくさん寝たらすっきりしました」

彼女はわざと微妙にずれた返答をした。サディアスは昨晩の激しい行為で体調を崩していないか聞いているのだ。それなのに、力が戻ったということを強調して答えたのは、あの淫らな儀式について蒸し返したくないからだ。

身体を繋げてもかまわないというような言葉を口走ったことを、彼女ははっきりと覚えている。媚薬《びやく》のような彼の精に侵されていたとはいえ、あれはミリアムの本心だった。

ここまで彼に身体を許してしまったら、もはや純潔を保っていると言えるのか疑問だった。心はとっくに、彼の存在を認めていた。

「それならば今日は天気がいいから、霊廟に行こうと思う」

「その管理も、私の仕事になってくるんですね?」

初日に説明があった公爵家の職務の中に、霊廟の管理が含まれていた。町に行ったときに登山用品を買ったことからも、いずれは訪れる必要があるのだとわかっていた。

「霊廟の管理というのは、封印に綻びがないか確認するのが主な役目になる。基本的には私の仕事だが、いずれは妻にも手伝ってもらう。封じられている穢れの一部を目にすることになるが大丈夫か?」

封じられているものというのは、五百年前に厄災をもたらした穢れだ。きっと恐ろしいものに違いないが、サディアスたち公爵家の人間が懸命に封じているものであり、そのおかげでこの地の平和はずっと保たれている。花嫁候補のミリアムは公爵家の力を信じるべきだ。

それに、サディアスが危険な場所に連れて行くはずがないと彼女は確信していた。だから、必要以上に恐れることはない。

「大丈夫です」

「霊廟での役目を、実物を見てもらって説明したい。……それから、いろいろと話もしたい」

「はい！　ではまずは朝食を食べに行きましょう」

サディアスが小さく頷き、二人並んで歩き出す。

サディアスと町へ行くのも、二人で料理をするのも、こうやって穏やかに過ごすことも、いつの間にかミリアムの日常になっていた。

ミリアムが望めば、彼との日々がずっと続くことを疑いもしなかった。

◇◇◇

町で購入したブーツを履き、山登りに耐えられる服に着替えたミリアムは、サディアスと一緒に聖域とされるルーセベルク山に入った。

一般人の立ち入りを阻むその場所は、特別な力に満ちあふれている。サディアスから力を与えられているミリアムは、その種類までなんとなく把握することができた。

「ここは、サディアス様と似ていて……それでいて少し違う方の気配がします」

「そうだ。初代国王や巫女、それにお祖父様たちが少しずつ力を出し合って、ここを守っているんだ。霊廟には、悪しき穢れが封じられているのだが、そう思えないくらい神聖な力で満ちているだろう？」

サディアスと似ている気配――それは、初代国王をはじめとする彼の先祖たちの力だ。

一般的には初代国王エイブレッドの墓とされているこの場所には、五百年前に厄災をもたらした穢れが封じられている。

だから初代国王や歴代の公爵たちの力で満ちた神聖な場所であるのと同時に、邪悪な力も存在しているはず。

けれど、邪悪な力の存在を彼女は感じることができなかった。それくらいきちんと封じられ、墓守であるサディアスがそれを管理しているということだろう。

「怖いか？」

「怖くないと言えば嘘なんですが、でも大丈夫です。恐怖心を持つと、逆効果だってわかってますから」

「正解だ。……だが、どうしてそう思う？」

青く澄んだ瞳がじっとミリアムを見据えている。それから、彼女の手をぎゅっと握った。

「えっ？　だって恐怖心は黒い霧に影響を与えるのでしょう？　サディアス様が守ってくださると信じていますから、必要以上に怖がらないようにしますね！」

手を握ってくれたのは、ミリアムに安心感を与えるためだろう。そう考えた彼女は、大丈夫だと示すために、その手を握り返した。

「信頼か……。ありがとう」

サディアスはたしかにほほえんでいる。けれど、ミリアムにはなぜかつらそうに見えた。

こういった場所では、負の感情を持ってはいけない。だから、そんなふうに見えたのはきっと気のせいだ。


一時間ほど山を歩くと、洞窟を利用して作られた霊廟にたどり着いた。霊廟の中は薄暗く、昼間でもランタンを灯す必要があった。

古い神殿で見かけたような柱やレリーフで飾られた空間は、奥に進むほど強い力が感じられた。

明らかに、先程までの神聖な力とは別の、禍々しいなにかだ。やがて、大きな石の扉の前にたどり着く。それこそが初代国王の墓とされている場所で、穢れが封じられている場所でもある。

「ここだ」

洞窟の突き当たりまで進むと、そこには祭壇があり、さらに奥に古びた扉がある。扉近くの壁面は、初代国王と穢れとの戦いを描いた壁画があった。

この扉の奥が穢れを封じている場所だ。

ミリアムはごくりと唾を飲み込んだ。サディアスと一緒なのだから、大丈夫だと何度も自分に言い聞かせる。

「ここに初代国王陛下と五百年前に厄災をもたらした元凶が眠っているのですね？」

「そう、初代はすでに神や精霊に近い存在で、神聖なるその身で悪しき者を封じるために眠っているという。だが……」

サディアスが扉のある一点を見つめている。壁と扉のほんのわずかな隙間から、黒い蔦《つた》のようなものが這《は》い出ようと蠢《うごめ》いている。禍々しい力を放つそれは、やがて内側から引っ張られるようにして、扉の向こう側へ消えていく。

「ああやって、初代が押さえ込んでくれているんだ。けれど、それにも限界があるから、時々封印の綻びを直す必要がある」

これが、サディアスがこの地を離れられない理由だ。彼は扉に近づいて、右の手のひらでそこに触れた。これから、綻びを直すのだ。

「この程度なら一ヵ月ほど放置してもなにも起こらないのだが、念のため十日に一度はここへ来て確認している。……君も手伝ってみるか？」

そう言って、サディアスが左の手を差し伸べた。

「なにをすればいいのですか？」

彼女は具体的にどうすればいいかわからないまま、彼の手を取った。

「瞳を閉じて、ただ祈ってくれるだけでいい。君にはそういう才能があるはずだから」

「やってみます！」

ミリアムは霊が見えるだけで、なんの力も持っていないはずだった。サディアスが才能があると断言する理由がなんなのか、彼女には思い当たるところがない。

けれど、サディアスの手伝いができることが嬉しく、言われたとおりにしてみようと目を閉じた。

「私の力、感じられるか?」

ただ繋いでいるときよりも、彼の手が温かい気がした。毎晩受け入れて、ミリアムの中に留まっているサディアスの霊的な力を強く感じ取る。

「……はい」

「たぶん、心の中で私を励ましてくれればそれでいいはずだ」

ミリアムとしては、はじめて出会ったときにイヴィットがしていたように呪文のようなものを唱えてみたかった。ただ彼を励ます……というのは、知識を持たない彼女にとってわかりやすいが、なんだか拍子抜けする言葉だった。

それでも彼の言葉に従い、瞳を閉じたまま、サディアスのことを想った。

すると、目を開いているときよりもはっきりと隣にいる彼の力を感じた。

繋いだ手のあたりから、彼から借りているものではなく、ミリアムの内に秘められていた力が溢れてくる。

サディアスがそれを受け取り、二人の力が混ざり合ったものが、霊廟の綻びを修復していく。木々が急激に枝を伸ばすように、力が扉全体に伝わり、歴代の墓守たちが幾重にも施した封印が上塗りされ、強まった。

ミリアムは瞳を閉じたままで、それらをすべて捉えていた。

「もう目を開けていい」

ゆっくりと目を開くと、サディアスが笑っていた。花嫁候補がしっかりと役割を果たせたことを喜んでいる様子だ。

サディアスが導いてくれなければ、自分がこんな能力を持っていることすら知らずにいた。なんとなく感動して泣きたい気分になったミリアムは、誤魔化すために壁画に視線をやった。

壁画に描かれているのは、初代国王と巫女、そしてのちに二代目国王となる将軍をはじめとした仲間だ。

「そういえば、初代国王陛下は黒髪なんですね？　すごく強そうで……実際に素敵な方なんでしょうね、きっと」

扉の奥で眠っているはずの人物について、ミリアムは考えた。壁画の中の初代国王は、黒髪に青い瞳、それから口ひげをたくわえた屈強な戦士として描かれている。

以前に美しい銀髪が公爵家特有のものだと聞いていた彼女は、初代の容姿がサディアスとはずいぶん異なることに少し驚いた。

「ミリアムは初代みたいな男性が好みなのか？」

「そ、そんなことは決して」

「そうだろうか？」

彼がミリアムの嘘を見抜き、わかりやすくふて腐れた。

ミリアムの父親は元騎士だ。だからなんとなく、たくましく頼りがいのある男性が理想のような気がしていた。幼い頃から「俺より強い奴でないと結婚など許さん」と吹き込まれていたせいだ。

サディアスは細身だが、しなやかな筋肉に覆われていて、女性のミリアムとはまったく違う体つきをしている。けれど騎士や壁画に描かれている初代国王のような男らしさとは対極にあり、とにかく美しいという印象だった。

好みを問われ、偽らずに答えるのなら「はい」と言わなければならないだろう。けれど、今現在、ミリアムが気になっている男性はサディアスだけだ。

それが恋なのか、愛なのか、ただの傷の舐め合いなのか判断ができないから、上手く答えられない。

「……え、えっと。公爵家の方は銀髪だと思っておりましたので、髪の色も、体つきも印象が違うから驚いたんです。でも、二十代も重ねれば、違うのは当たり前ですよね？」

「代々の当主は瞳の色が初代と同じ青、髪の色は巫女《みこ》から受け継いだ銀だ。巫女は神が遣わした精霊そのものだという。公爵家の者は人間ではない存在の子孫ということだな……怖いか？」

ミリアムは首を横に振る。サディアスの先祖が人間ではないと聞いて、恐れるよりも、納得する気持ちが大きかった。

「精霊……、霊と精霊は違うのですか？」

「言葉の定義は曖昧だな。ヘイデン公爵家では、純粋に死者の魂が現世に留まっているものを霊と呼び、神が遣わした者を精霊と呼んでいる」

「サディアス様がちょっと変……ではなく、神秘的な雰囲気なのも、お祖父様方が陽気なのも、そもそも人の生から少しずれているからなのでしょうか？」

「私は変人ではなく常識人だと思っている。……だが、君の認識はおそらく合っている」

ミリアムは精霊という存在を正確には知らない。けれど、神が遣わしたくらいだから、不思議な力を持ち、長い時を生きる存在だと想像できる。

今まで公爵家の祖父母たちをただの霊だと思っていたが、実際には違うのだろう。神から与えられた力によって、公爵家の当主とその花嫁は精霊に近い存在になる。そういうことのようだった。

普通の人間にとって、寿命を超えていつ終わるかわからない霊としての人生を歩むのは、苦痛を伴うはずだ。

ヘイデン家の先祖たちが皆、長い時間この地に縛られ続けていることを受け入れ、心を病まずにいられるのは、人間とは異なる存在の影響があるのかもしれない。

生に対する価値観が、人と神のあいだでは違うのだろう。だからと言って、いつもの覗き行為を許す気はないのだが。

「これがヘイデン公爵家当主の職務だ。……大陸全土を滅ぼそうとした厄災を封じるというのは、美しい仕事とは言えないし、花嫁も含めて人の生からはずれてしまう」

封じられているものの一部を見て、実際に墓守の職務を手伝い、彼女はやっと公爵家の実体を把握できるようになった。

「民を守るための、誰かがやらねばならないことなのですよね。サディアス様と、お祖父様たちがずっとこの地に囚われて、それで守り続けている大切な……」

「だが、楽しくはないだろう？　だから君に強要はできないと思っている。老いるまでの数十年ではなく、そのあともなのだから」

一般的な婚姻ならば、離縁したり、どちらかが出家したりと愛を誓い合った夫婦が別れる方法はある。それに対し、ヘイデン公爵家の花嫁は魂そのものが聖域に縛りつけられて、夫から離れることが難しい。

「ご先祖様たちは楽しそうです。……私も、私たちもあんなふうになれますか？」

「私は君と一緒ならずっと幸せでいられると思っている。……だが、私が思っているだけじゃだめなんだ」

ミリアムがサディアスを愛せるかどうか、それがすべて。

彼はそうやって、最終的な決断をミリアムに委ねているくせに、離れてほしくないという想いも透けて見える。

ミリアムは彼を狡い人だと思いながらも、そばを離れる選択などできはしないと、もう気がついていた。

そして、答えが出ているのにまだ彼を待たせている自分も、狡い人間だと思った。

◇◇◇

霊廟での職務を終えた二人は、清らかな湧き水が流れる場所で昼食をとった。メニューはグレースが作ってくれたサンドウィッチだった。

敷布の上に二人で座り、水の音を聴きながら食事をするのは本当にピクニックのようだ。

いつもなら、他愛もない話をして過ごしているのに、今日は互いに口数が減っていた。

おそらくそれまではミリアムが質問をして、サディアスがそれに答えるというかたちが多かったせいだろう。

今のミリアムは、サディアスの花嫁になれるという自信がほしかった。

それにはおそらく、ミリアム自身がなにかを隠していたり、うしろめたいことがあってはいけないのだろう。

「あの……」

彼女は一生独身の呪いについて、現象としては嘘を告げていない。けれど、起こったことすべてを語ってはいなかった。

彼女の呪いは、近づいてくる異性に対し、なんらかの作用をもたらす。けれど、それによって不幸になる者は、呪われた相手だけとは限らない。

そのことをサディアスが聞けば、離れていくのではないかと不安だった。

「なんだろうか？」

「……美味しいですね、綺麗な場所で食べる食事」

勇気を持って切り出そうとしても、勝手に別の言葉が出てくる。

「そうだな」

今までにない、気まずい雰囲気のまま食事が進む。

サディアスも先ほどからなにか言いたげに、チラチラとミリアムの様子をうかがっているが、結局雑談しかしない状況が続いた。

「……君に、あと一つだけ大切なことを告げなければならない。それを聞いても私の手を離さずにいてくれるのなら……」

先に切り出したのはサディアスだった。ミリアムはまた、受け身だった。公爵家のこと、将来のこと、サディアスは時々説明不足でありながらも、最終的には知られると都合の悪い部分まで包み隠さず話してくれた。

それなのに、ミリアムのほうは聞かれたくないことを黙ったままだ。「あと一つだけ」というおそらく最後の話まで、彼にさせていいのだろうか。

「サディアス様！　その前に私の呪いについて聞いてくださいませんか？　やっぱり私にはまだ不安があるんです。家族を……大切な人を守れない呪いだから」

相手にすべてを出させてから、自身の問題を告げるのはとても卑怯に感じられた。だからミリアムは彼の言葉を遮り、自身の抱える負の部分について告げようと決意した。

「家族を？　なぜだ？　君の呪いは、不埒な考えを抱いている者を排除するだけだろう？」

「そうです。でも、私は……私の大切な人を不幸にする呪いだと思っています。呪いは家族には直接害を与えない。だからって、それでいいわけじゃないんです——」

意を決して、彼女は七年前に起こった出来事を彼に伝えた。

◇◇◇

ミリアムがリィワーズを出て行くきっかけとなった出来事が起こったのは、今から七年前——十八歳のときだった。

その頃、ミリアムの父は国境警備の一部隊を任される部隊長という立場だった。庶民としてはかなり裕福で、彼女は女学校へ通い、弟たちもそれぞれ年齢にあった教育を受けていた。

それまでに、ミリアムや彼女に触れた男性に対して発動した呪いは、毛虫に刺される、川に落ちる、鳥の糞が落ちてくるといった程度のものだった。怪我をしたものはいなかったし、被害もほとんど出ていない。

だから、魔女だと悪口を言われる一方で、本気で彼女を恐れるものはいなかった。悪い噂《うわさ》のあるせいで、あえて近づく男性もいなくなり、誰かに迷惑をかけることもだんだんと少なくなっていた。

そんなある日、騎士団の施設内で、国境警備に携わるものと、その家族が集まる祝賀行事が開催された。その頃はまだ同性の友人がたくさんいた彼女は、それに参加して、豪華な料理に舌鼓を打ち、女性同士でおしゃべりを楽しんでいた。

そのうちに、一人の男がミリアムに声をかけてきた。騎士団の副団長の息子と名乗った男は、ミリアムに興味があるので、二人だけでゆっくり話したいと言いだした。

ミリアムが呪いの件を正直に話し、自分に近付かないように促しても、男は「そんな噂なんて気にしない」と言って、彼女を連れ出した。

もし、毛虫に襲われても、川に落ちても気にせずにいてくれる男性がいたら。その人が呪いをはねのけてくれたのなら。自分は人並みに幸せになれるかもしれない。その頃のミリアムはまだそう期待していた。

いつか王子様が現れて自分を助けてくれるかも、そんな妄想をしても許される年齢だったはずだ。

けれど——。

そこには複数の男がいて、のこのことやってきたミリアムをあざ笑った。彼らは、度胸試しの遊びのために、魔女を呼び出したのだ。

嘲笑、蔑み——そんな表情を浮かべた若い男たちが、ミリアムの髪や手、頬に触れた。

彼女は恐ろしくて、それ以上に悲しくて、ただ立ち尽くして震えていた。

最初はこわごわ触れるだけだった卑劣な行為も、それでなにも起こらないとわかれば、徐々に悪質なものに変わっていった。

彼らがミリアムに好意を抱いていなかったせいで、少し触れたくらいでは、なにも起こらなかったのかもしれない。

突き飛ばされ、転んだ拍子に太ももがあらわになった。なにが起こっているのか彼女が把握するより前に、副団長の息子が覆い被さってきた。「魔女なら、力を見せてみろ」と言いながら彼がニヤリと笑った瞬間に、呪いが発動した。

呪いは、頑丈なはずの騎士団の施設の壁を壊し、男たちを下敷きにした。

結果として副団長の息子は両足を骨折する大けがで、ほかの者たちも傷を負った。まるでミリアムの負の感情と比例するように、相手を攻撃したのだ。

もちろん、誰も彼女を罰することなどできなかった。

呪いで施設が破壊されたなどという報告書を、上に提出することなどできるはずがないし、犯人を道具すら持っていない非力な女性とするのもありえない。

周囲の証言から、相手がミリアムを襲おうとしていたことも明らかだったので、事件は表沙汰にはならなかった。

それでも、ミリアムの父と上官にあたる副団長の関係は最悪なものとなった。結果として、騎士団に居づらくなった父は、職を失った。

父は決してミリアムを責めることはせず、すぐに新しい職を見つけて懸命に働いた。もともと両親は無駄遣いをする人間ではなかったが、子供の教育だけは熱心だった。騎士であれば、七人の弟たちにしっかりとした教育を受けさせるだけの余裕があった。けれど、国から与えられた騎士という職を失い、悪い噂のある娘を庇う父が就ける仕事など、たかが知れていた。

それまで家事に専念していた母も働き出したので、家族が食べ物や着る物に困ることはなかった。けれど、ミリアムが受けたものと同じ教育を、下の弟には受けさせられない。

ミリアムのせいで、叶わなくなった――。

どんな教育を受けたかによって、就ける職は大きく変わる。両親が、子供たちに用意していたはずの可能性を、彼女一人のせいで潰してしまった。

それだけではない。近所に遊びに行った弟たちがありえないほど服を汚し、擦り傷をたくさん作って帰ってきたことが何度かあった。彼らは理由を言わなかったが、ミリアムのせいでいじめられているのは間違いなかった。

それが耐えがたく、彼女は女学校の卒業と同時に、都で働くことにした。

人はすぐに忘れて、飽きてしまう生き物だ。ミリアムが消え去れば、幼い弟に対して、陰湿な嫌がらせをする者はいなくなるはずだと考えた。

両親はいい顔をしなかった。けれど、悪い噂を抱えたまま、小さな町で暮らしていくことの苦しみもわかっていたのだろう。いつでも戻って来るようにと言って、彼女を送り出してくれたのだ。

◇◇◇

山の天気は変わりやすい。ミリアムが七年前の出来事を話しているうちに、うっすらと靄《もや》がかかり、視界が悪くなりはじめた。

「両親は、私のせいではないと言ってくれたんです。霊が見えるという私の話を否定して、取り合わなかった親の責任だと」

魔女だという噂が広がったあとも、両親はただ偶然が重なっただけだ、噂などすぐに消えると言ってミリアムを励ました。それまでの被害は、ただ運が悪かっただけだと説明できる現象だったから。

けれど、誰かが重傷を負う事件が発生し、はじめて両親は彼女の不思議な力について真剣に考えることになった。

「でも、神官すら信じていないような状況で、私の両親にできるのは『男性との接触はできるだけ避けるように』と言うことぐらいですよね？」

もう時間は戻らない。父は職を失い、弟たちは学びの場を制限され、近所の住人は急によそよそしくなった。ミリアムの力は、家族には直接害をを及ぼさなかった。それでも間接的には、取り返しのつかないほど大切な人を傷つけ、不幸にした。

「サディアス様には効かないとおっしゃいますが、呪いは私の意思とは関係なく発動します。いつあなたを呪うかわかりませんし、直接でなくとも問題を起こし、あなたを――公爵家の名誉を傷つける可能性があるんです」

どんな条件で、呪いの力が強まるのかはわからない。けれど、ミリアムの呪いは場合によっては相手の命を奪うほどの強力なものだという可能性がある。

普通の人間が持ち得ない能力があるという点で、一見ミリアムと公爵家の人間は同じように思える。

けれど決定的に違う部分があるのだ。サディアスはその力を自分の意思で操り、悪しき霊と穢れに対して使っている。それに対し、ミリアムは彼女の意思とは関係なく生きている人間を呪ってしまう。悪意のある相手も、彼女自身が好意を抱く相手であっても、変わらない。

「だから、私が公爵家の花嫁として本当にふさわしいか、サディアス様も真剣に考えてください」

サディアスは基本的にこの地で過ごすことが多いようだ。けれど、国の行事では公の場に出ることもありうる。その場で、サディアスの隣に並び立つ者として、彼女はふさわしくないだろう。身分のことではなく、それくらい危険な存在という意味で。

「考えても、私の気持ちが変わることなどない。だが……すまない」

「サディアス様？」

黙って話を聞いていたサディアスが瞳を潤ませている。ミリアムのために、心を痛めてくれているのだろう。

「君が国から保護されることがなかったのも……、君が呪われているのも、全部私のせいだ」

「そんなことはありません。サディアス様のせいじゃ……」

出会う前の出来事まで、彼は自分のことのように思い、苦悩してくれている。

彼が顔を歪《ゆが》める理由を考えて、ミリアムのほうが泣きたい気持ちになった。自分についてこんなにも理解して、一緒に悩んでくれる人はほかにはいない。

「そうじゃないんだ……聞いてほしい。その……、私は……」

泣き出しそうな瞳の下、ほくろのあるあたりが濡れていた。泣いているのではない。空から降ってきた水滴が、彼の頬を濡《ぬ》らしたのだ。

ポツリ、ポツリ、と降り出した雨がサディアスの言葉を遮った。

「雨ですね。早く帰りましょう？」

「……あぁ、そうだな。山の天候は変わりやすいから……長く留まるのは危険だ」

二人で敷布やバスケットを片付けて歩き出す。

段々と雨脚が強くなり、山道がぬかるむとサディアスが足もとを確認するために、少し先を歩いてくれる。

もしも彼が呪われている花嫁を迎え入れることの意味を本当に理解し、それでもいいと言ってくれたら。そうしたら、本気でサディアスと向き合おう。

彼を好ましく想う感情を整理して、今度こそ抱く想いに偽りのない名前をつけよう。ミリアムはそんな気持ちで彼の背を追った。


気温が高いこともあり、体温が奪われる前に公爵邸へと帰った二人は、祖父が用意してくれた風呂で疲れを癒やした。

そのあと、サディアスは公爵としての執務、ミリアムはグレースから花嫁として必要な知識を習う時間を過ごす。

やがて夜になり、ミリアムはナイトウェアの上にガウンを羽織って、サディアスの部屋へ続く扉を開けようとした。

ちょうどそのときに、彼のほうが扉を開けた。

出迎えてくれただけ。そんな彼女の予想に反して、サディアスは困った顔をしている。

「今日は山歩きで疲れただろうから、儀式は休みにする。ゆっくり眠るといい」

「私は元気ですよ？」

「ありがとうミリアム。だが疲労というのは翌日に現れるものだから、無理はしないでほしいんだ」

一昨日まで七日も儀式を中断していて、再開してから一度しか受け入れていない。だから霊たちの声を聞く力を失ってしまうのではないかという不安が、彼女の中にあった。

それでも、あの淫らな儀式を積極的に望んでいるなどと、言えるはずがない。

「そうですね。おやすみなさい」

力のことはサディアスのほうがよく知っている。彼が身体を休めるほうを優先しろと言っているのだからそれが正しいはずだ。

「おやすみ、ミリアム」

サディアスはミリアムを軽く抱き寄せて、すぐに離れていく。月の障りがあるときも同じように就寝の挨拶をしたあとに、それぞれのベッドで寝ていた。そのときは毎晩、額か、唇へのキスを必ずしていた。

今夜のサディアスはそれすらせずに、すぐにミリアムに背を向けてしまった。

一瞬、サディアスが呪いの危険性に気がついて、考えを変えたのではないかとミリアムは不安になった。

（違う。それなら、きっとすぐに言ってくれるはず）

彼は、嘘《うそ》の理由を並べて誤魔化《ごまか》すようなことはしない人物のはずだ。ミリアムが嫌になったのならば、屋敷に留めておく必要もない。

山登りの疲労が心配だから、という言葉どおりに受け取るだけでいい。

それなのになぜか、彼女の胸の奥に不安の火が点った。

第七章　大神殿からの使者は、新たな花嫁候補？

翌朝、ミリアムは祖母の霊と一緒に買い物に出かけた。

サディアスは公爵家の当主として、たまっている執務を片付けると言って書斎に引きこもっていた。

公爵邸に来てから一ヵ月と少し。その間に何度も街へ出かけて、どこになにがあるかはわかっている。それでも、一人で出かけるのはサディアスが許さず、祖母が護衛として同行してくれる。

先祖の魂は、ルーセベルク山に繋《つな》がれているような状態だ。聖域から離れれば力が弱まり、長期間そのままでいると消滅してしまう。町や、ほかの地域まで出向くときは、あらかじめサディアスから力をわけてもらっているとのことだ。

彼は執務で忙しく、同行が難しくてもミリアムのことを気遣ってくれている。昨晩、不安になっていたのが嘘《うそ》のように、彼女の心は晴れていた。

町の人々はサディアスを子供の頃から見守っていて、その婚約者であるミリアムに対しても好意的だった。だから護衛が必要となる事態は、そうそう起こらないはずだ。

男性と一緒のときには買いたくない品物もたくさんあるので、そういったものをまとめて購入するつもりだった。

女性ものの衣料品や肌着類を扱う店に入ったミリアムは、なんとなくいつもよりも凝った意匠の肌着やナイトウェアに目が行ってしまう。

フリルをたっぷり使ったものは、年齢的に似合わないだろう。生地が薄いものを身につけたら、サディアスはどんな反応をするだろうか。

彼に見せることを前提に選ぶというのは、想像するだけで顔が真っ赤になるほど恥ずかしい。結局、ひかえめにレースがあしらわれた品物を手に取った。

『そういうのもいいわね。ミリアムさんに似合いそう』

「お祖母様、サディアス様はどういう服装が好きなんですか？」

ミリアムは、ひとり言だと思われると恥ずかしいので、店主に聞かれないように注意をしながら問いかけた。

『あの子の好み？　そんなものありませんわ』

「ない？　お祖母様がご存じないだけでは？」

公爵家の男性が花嫁を選ぶ基準は、一般的な男性のそれと異なるらしい。

登山用品アビーの店で聞いた話によれば、サディアスは今まで、女性への興味がすこぶる薄い様子だったということだ。

けれど幼い頃からずっと一緒にいる先祖なら、なにか好みを知っているのではないかと期待したのだ。たとえば、グレースのような女性らしい魅力を持っている人——もしそうだとしても、ミリアムが彼女のまねをしても似合わないとわかっているのだが。

気になる人の好みに近づきたいというのは、ごく普通の発想だ。

『あえて言うのなら、ミリアムさんが似合うものが正解ですわ』

「でも」

祖母は人差し指を横に振る。わかっていないわね、ということだろう。

『いいかしら？　そもそも……顔だけの、残念童貞貴族ってあなたの好みなのかしら？』

「顔だけ……？　そんなことはないと思いますが」

サディアスを悪く言われると、なぜかむきになってしまう。抑えていた声が自然と大きくなり、慌てて周囲の様子をうかがう。

幸いにして、店主は品出しに忙しく、ミリアムのひとり言には気がつかなかった。

『で、好みなのかしら？』

「サディアス様のような方には、今まで出会ったことがありません。だから、好みかどうかもわからないんです」

ミリアムが憧れていたのは、父のような立派な騎士だ。童話の中の王子様にも憧れていた時期があったが。

見た目だけならサディアスは王子様なのかもしれない。サラサラの銀髪に青い瞳、鼻筋が通っていて繊細な顔立ちの彼には、都の人気役者だって敵わない。さらに大貴族という肩書きも持っている。

ただ、一般的な乙女が想像する物語の王子様の枠からは、大きくはずれている。つまりは、かなり変な青年だ。

『それで？　あなたはサディアスに変わってほしいと思うの？』

「いいえ」

祖母が残念だと断言している部分さえ、今のミリアムには好ましく思えた。

サディアスに筋力をつけてほしいとか、剣を扱うところを見たいとか。そんな希望を持つのは間違っている。今のままの彼でいてほしいと思う。そうでなければ、いったい誰を好きになったのかわからなくなってしまうだろう。

『そうでしょう？　好きな人へなにかを贈るとしたら、自分の好みではなくて、相手に似合うものを贈りたいと考えるもの。相手に変わってほしいなんて、思わないわ。だから、あなたもサディアスの好みなんて気にせずに、似合うものを選べばいいの』

「本当にそうですね。さすがはお祖母様です」

だったら無理をせず、ミリアムらしいものを選ぶべきだった。

『うふふ……でもあなたみたいに、贈り物は私！　――をするのなら、サディアスの好みを追求しなければならないのだから、堂々回りね？』

「贈りません！」

そんなつもりでナイトウェアを選んでいたのではないと、ミリアムは声を荒らげた。

それからまた祖母の霊がほかの人には見えていないことを思い出して、口を噤《つぐ》んだ。

◇　◇　◇

ミリアムが十分に買い物を楽しみ、町から公爵邸へ向かう唯一の道を歩いていると、豪華な馬車が追い越していった。

「お客様でしょうか?」

この先には公爵邸と許可なく立ち入りが禁止されている聖域しかない。だとするとサディアスの客人ということになる。

『あれは大神殿の馬車ですよ』

側面に描かれている紋章を指差して、祖母がそう教えてくれる。

「大神殿……」

公爵家と神殿の繋がりは深い。だから、大神殿の関係者が霊廟のあるこの地を訪れるのは、当たり前のことだ。けれど、都でイヴィットと出会った日、大神殿が花嫁選びに躍起になっていたのを知っているミリアムは、歓迎していいのか思い悩む。

なんとなくサディアスとミリアムの関係を、反対される予感がしたからだ。

追い越していった馬車が、だんだんと速度を落とし、やがて完全に止まる。ミリアムが横を通り過ぎようとしたところで窓が開き、若い女性が姿を見せた。

波打つような美しい金髪を持つ、ミリアムよりもいくつか年下と予想される女性だ。彼女は品のよいドレスを身にまとい、馬車の中からにっこりとほほえむ。

よく見ると、彼女の隣には見覚えのある神官の姿もあった。

「ごきげんよう、ミリアム・アンダーソン様、それからヘイデン公爵家の霊の方、ですね？」

「こんにちは、はじめまして」

金髪の女性が霊を見る目を持っていることに困惑しつつ、ミリアムは挨拶をした。

イヴィットが二人に代わって、婚約と婚姻に関する手続きや許可を得るために動いてくれている。大神殿の関係者と思われる女性がミリアムの名前を知っているのは、そのせいだろう。

「私はアデラ・ドラモンドと申します」

「ドラモンド……様？」

「ええ、私は神官ドラモンドの娘です。公爵様に大切なお話がありまして、父と二人で参りました。公爵様のお屋敷まではまだ距離がございます。ご一緒いたしましょう？」

ちらりと内部の様子をうかがうと、笑顔のアデラに対し、ドラモンドは明らかに不機嫌そうだった。なんとなく遠慮したい気持ちのミリアムだが、断るとせっかく誘ってくれたアデラに悪いとも考える。

「……ありがとうございます。よろしくお願いします」

扉が開かれて、ミリアムは会釈をしてから馬車に乗り込む。それから、ドラモンド親子の向かいの席に腰を下ろした。

アデラに悪意はないように思えるが、神官ドラモンドのほうは、敵意に近い表情だ。

「仮にも花嫁候補が徒歩とは……。公爵閣下はそなたのために馬車を用意する気すらないようだな？」

一般人が公爵邸に長期滞在すると、強い力にあてられて目眩《めまい》などの症状が出てしまう。だから屋敷には馭者《ぎょしゃ》も馬丁もいない。馬車を使う場合は、一度町まで使いを出して呼び寄せる必要がある。しかも屋敷には使用人すらいないのだから、町まで行くのなら、誰であろうと徒歩だ。

それが公爵家の常識で、町よりも遠い場所に行く場合に限って、そこから先は馬車に乗る……となっていた。

だから、ミリアムが公爵家から軽んじられているわけではないのだが、ドラモンドはそういうことにしたいらしい。

『まったく、失礼ねぇ……。公爵家では当主のサディアスだって、町まで歩いて行くのに！』

祖母がミリアムの隣で腹を立てている。かなり大声で叫んでいるのだが、ドラモンドがそれに気がつく様子はない。大神殿に所属する神官でも、声までは聞こえないらしい。

「……父が失礼を言って申し訳ありません」

アデラの視線はミリアムと、そしてはっきりと祖母に向けられている。明らかに祖母の声が聞こえているのだ。

『あら？　あなた、わたくしの声が聞こえるの？』

「はい。ゆっくり話していただければ、なんとなくですがわかります」

『すごいわね』

今のミリアムが霊たちの姿をはっきり認識し、会話ができるのはサディアスの力を受け入れている影響だ。だとしたら、アデラという女性の素質はミリアム以上ということになる。

「私、養女なんです。幼い頃に悪しき霊に襲われた件がきっかけで保護されて、力の使い方を神殿で習って参りました」

『よくある話ね。ほら、ミリアムさんは知っていて？　サディアスの母親、グレースさんもそうなのよ？』

「そういえば、そんなお話しをされていましたね……」

アデラの話を少し聞いただけで、大神殿からの訪問理由がなんとなく想像できてしまう。

大神殿の関係者でも優秀な年頃の美しい女性をわざわざ連れてきたのは、ミリアムよりもふさわしい花嫁が存在するのを、サディアスにわからせるためではないのか。

美しく、素質はミリアムよりも上。彼女と会えば、サディアスはミリアムのことなどうでもよくなってしまうのではないか。

そんなミリアムの不安をよそに、馬車はゆるい坂道を進み、公爵邸へと近づいていく。

ミリアムが客人二人を案内しながら、屋敷のエントランスホールに入ると、そこにはサディアスが立っていた。

「ただいま戻りました」

「うん。楽しめたか？　遅いから心配した」

「遅かったですか？　お茶の時間までには帰るとお約束していたはずですが」

これから準備をすれば午後のお茶の時間にちょうどいい。町ではサディアスのためのお菓子や夕飯の食材も買っている。

来客がなければ、買ってきたお菓子を並べて、二人で一緒に過ごしたいと思っていたので、十分に間に合う時間に戻ったはずだ。

彼も約束の時間はしっかり覚えていて、それでももっと早く帰ってくると期待していたのだろうか。咎《とが》めている、というより子供っぽく拗《す》ねている様子だった。

『わたくしと二人きりのお出かけで、ミリアムさんが楽しそうなのが許せないのよ、きっと。余裕のない男って嫌ね……。心配ならついてくればよかったのに』

祖母がからかうと、サディアスは少し顔を赤らめた。

「ところで、そちらは……？」

先ほどから視界に入っていたはずなのに、たった今、気がついたという様子で、客人のほうへ視線を向ける。

「お客様です」

「客……、なのか？」

　ドラモンドは誰が見ても神官だとわかる服装をしている。大神殿に所属し、公爵家の補佐をする役職にあるというのだから、サディアスも彼を知っているはずだった。

　明らかに、彼らは客ではないのだという意味で、予定にない訪問に対する嫌味のつもりだろう。

「公爵閣下、お久しぶりでございます。ドラモンドでございます。お手紙を差しあげてもなかなかお目にかかれませんので、直接出向いた次第です」

「なんの用だ？　祭事についての話なら聞くが？」

「……祭事？　祭事と言えば祭事ですな。なにせ閣下のご婚姻の件ですから。――アデラ、ご挨拶を」

「はい、お久しぶりでございます。神官ドラモンドの娘、アデラでございます」

「……こんな山奥までわざわざご苦労なことだな」

　サディアスの態度は露骨だ。アデラはそうなることをわかっていて、それでも礼儀正しくしっかりと挨拶をしていた。

　サディアスが彼女に興味を示さないのを、ミリアムは内心喜んでいるのかもしれない。けれど、アデラ自身に非はないように思え、ミリアムはそんな感情を抱く自身が嫌で、とにかく居心地が悪かった。

「巫女《みこ》のお話によれば、習わしを破り大神殿に関係のない者を花嫁とするおつもりだとか！　詳しい説明をお聞かせいただきたく、こうして参ったのですよ」

ドラモンドが訪問の理由を告げた。

（習わし……？）

彼らが訪ねてきた時点で、大神殿がサディアスとミリアムの婚姻について反対する予感はあった。習わしを破っているという言葉は、サディアスから説明をされていた内容と異なり、それがどうしても気になった。

「ミリアム、悪いがすぐに帰ってくれそうにないから、彼らのぶんもお茶を用意してほしい。それから、君は同席しなくていいから、部屋で休んでいてくれ」

「でも……」

ミリアムに関係のある話をするためにやって来たのだと十分にわかる。だというのに、サディアスは同席を許さず、話を聞かせないつもりでいる。

蔑ろにしようということではなく、おそらく悪意から遠ざけようという意図だとわかっていても、どうしても気になってしまう。

「あとで説明するから。……ドラモンド殿はこちらへ」

彼はすぐに背を向けて、すたすたと歩いて行ってしまう。ドラモンドとアデラがそれに続き、ミリアムは一人エントランスホールに残された。

彼らがどんな話をするのか気になるミリアムだが、サディアスの命令を破るわけにはいかなかった。

言われたとおり、お茶の用意をするために厨房《ちゅうぼう》へ向かおうとすると、グレースとダレンが柱の陰から覗《のぞ》いているのに気がつく。

「あ、グレース様、ダレン様……ちょうどよかったです。じつはお客様がいらっしゃったんですが……」

「こっそり聞いていたから知っているわ。お茶の準備はダレンとお祖母様たちに任せて、ミリアムさんはお部屋にね？　気になることがあるのでしょう？　私が教えてあげるわ」

「……はい」

ミリアムが気になっているのは、公爵家の花嫁は神殿関係者から選ばれるという件だ。

そして、以前にグレースが神殿関係者だということは聞いていて、それがドラモンドの話を裏付けているような気がしていた。

もやもやとした不安を抱えたまま、私室に戻る。とりあえず、買ってきた衣類などを整理しているとすぐにグレースがやって来た。

テーブルに温かい紅茶と、ミリアムが買ってきたばかりのお菓子が並べられる。席に着くように促され、彼女はそれに従った。

いれてもらった紅茶を一口飲んで、心を落ち着かせる。

「……私もそうなのだけれど、血筋に関係なく突然霊を見る能力を持った人間が生まれることがあるの。あなたも、アデラさんもそう」

「はい」

「力があるのに、制御方法を知らない者は、悪しき霊に狙われる可能性があるわ。私はそんなときにダレンとお祖父様に助けられたの。アデラさんは神官に助けられたのでしょうね」

「でも、私は……」

ミリアムの場合、霊に狙われたことはなかったが、魔女だと蔑まれ危害を加えたほうとして事件や事故を引き起こした。リィワーズの神官に相談しても、心の病気や妄想癖だと疑われ、説教をされただけだった。

「そうね。力を持った者は優遇され、都の大神殿で暮らすことが多いから、地方にいたあなたは保護されなかったのだわ。私たちが早く死んでしまったせいで、花嫁探しに制限があったのも運が悪かったの」

ダレンが健在なら、サディアスはもっと自由に旅をして、花嫁を探せたはずだ。墓守の役割を担う者が一人しかいないから、彼は遠くまで足を運ぶことが叶わなかった。

「そうだったんですね」

「ですから、神殿関係者が花嫁になるという決まりはないの。そうではなくて、花嫁候補になるような力を持つ者は、聖職者の家系の者か、保護され養女になった者かのどちらかが多いというだけ。正式な婚姻を結ぶまで、神官の家で礼儀作法を学ぶ……というのは慣例と言えるかもしれないわね」

公爵家の認識では、花嫁が神殿関係者である必要はないのだろう。けれど結果的に、歴代の花嫁は、都の大神殿に集められ、神官の家で礼儀作法を学ぶことになっていたのだ。

「大神殿は私のような存在を認めたくないかもしれませんね」

仮に今からミリアムが神官の養女となったとしても、彼女はその神官を父だとは思えない。その者に特別便宜を図ったりはしないだろう。だからこそ、ミリアムは誰にとっても都合の悪い花嫁なのだ。

「公爵家が花嫁を輩出した家を優遇することはないですし、そもそも仕事が墓守ですからね……。けれど、最近の大神殿は花嫁を出すことを勝手に意味のあるものだと考えて、聖職者同士の権力争いの道具にしている部分があるの」

グレースは大きくため息をつく。

ヘイデン公爵家は政《まつりごと》には関わらず、ただ霊廟《れいびょう》を守る職務に専念している。だから便宜を図ろうとしてもなにもできないのだ。

それでも神官たちは、公爵家の花嫁を輩出したという名誉を欲している。花嫁を輩出した家の者が大神殿内で高い地位に就けるというルールを勝手に作り上げ、それに縛られているのだ。

グレースにとっても、それは悩ましい問題なのだろう。

『ミリアムさん、サディアスが応接室に来てほしいって言っているのだけれど』

グレースの話を聞き終えたところで、十三代目の祖母がミリアムを呼びに来た。神官ドラモンドがなにを要求してくるのかわからないが、逃げることはできなかった。

◇◇◇

「教育係……ですか？」

応接室でミリアムが聞いた話は、予想とは少し違っていた。彼女がポカンとしていると、向かいに座っていたアデラが詳しく説明をしてくれる。

「はい、公爵閣下の職務には大神殿の祭事なども含まれます。そのときにミリアムさんが困らないように、私が住み込みで指導をさせていただきたいと思います」

「別に、祭事への参加は花嫁の条件ではないのだが……」

サディアスはまだ不機嫌そうだった。

アデラはともかく、ドラモンドがミリアムのために、そんな気遣いをしてくれるとは到底思えない。それに、先ほどグレースから聞いた話によれば、神殿関連の教育なら、グレースや祖母たちでもできるはずだ。わざわざ年頃の女性を住み込ませる必要はなかった。だとしたら、ドラモンドの目的はなんなのか……。ミリアムは思考を巡らす。

（自信があるの……かな？）

アデラはかなりの美人で、神殿のしきたりに詳しい。おそらく公爵家の花嫁になることが期待されていたはずだから、ヘイデン家についても学んでいるのだろう。

それに、ミリアムから見ても彼女は、悪い人ではないような気がしていた。つまりドラモンドは、二人の花嫁候補が比較できる環境になれば、サディアスは必ずアデラを選ぶ、という自信があるのだろう。

イヴィットが都で婚約と婚姻についての手続きをしたのなら、ミリアムの身元や、二人が出会ったばかりであることも知られているはずだ。

一目惚《ぼ》れならば、サディアスが醒《さ》めるのも早いと思っているのだろう。たいした取り柄もない、平凡な自分に彼が執着する理由なら、ミリアムのほうこそ知りたいのだから。

ミリアムがイヴィットの教育係として呼ばれながら、いつの間にか公爵家の花嫁に収まった。それと同じで、娘を知ってもらう機会さえあればと、ドラモンドが考えても不思議ではない。

その可能性は十分にあるのだろう。ミリアムは、そうなる不安があるから内心ではアデラを近づけたくないと考えてしまう。

そして同時に、それくらいで揺らぐものなら、いつか勝手に壊れるとも思っていた。

サディアスがわざわざミリアムを呼び出した時点で、彼としてはアデラを教育係とすることに同意しているはずだった。

だったらミリアムの取るべき道は一つだ。

「わかりました！　アデラさん、よろしくお願いいたします」

「はい……っ！　こちらこそ」

アデラは柔らかくほほえみ、ミリアムに手を差し出した。

握った手は、温かく柔らかい。体つきも華奢《きゃしゃ》で、同性のミリアムでも思わず守ってあげたくなるような、そんな印象だ。

やはり、アデラ自身は悪い人ではなかった。だからこそミリアムは不安になる。それを打ち消すために、サディアスに想われているのは自分だという優越感が芽生え、そんな自身を嫌悪していく。

「それでは、私はしばらく麓の町の宿で過ごすことにいたします。娘をどうぞよろしくお願いいたします」

ドラモンドはミリアムと視線を合わすことすらなく、サディアスにそう告げてから立ちあがる。

「部屋はあるから、ドラモンド殿もここに滞在すればいいのだが？」

「い、いえ……。恐れ多いことです」

一応、霊を見る力を持っているドラモンドだからこそ、この場所は居心地が悪いのだろう。そしてサディアスはそんなことを承知のうえで、わざと提案している。

サディアスとミリアムと好意的な霊たちだけの屋敷。そんな箱庭のような場所が壊れていくような気がした。

ミリアムは、卑怯《ひきょう》な人間になりたくないと意地を張り、アデラを歓迎するふりをした。

「お部屋は……どうしましょう？」

「客間くらいある」

「……あぁ、そうですよね……」

ミリアムが屋敷へ来た日にグレースが言ったことは嘘で、本当は部屋なんてたくさんあるのだ。

サディアスと出会う前から、明らかにミリアムは彼の花嫁候補として扱われていた。いったい公爵家の者にとって、花嫁候補の基準とはなんだろう。

サディアスは候補になるべき人間はミリアム一人ではないから、気負う必要はないと言っていた。

だったらミリアムとアデラの差はなんなのか。よくわからないからこそ不安なのに、けれどサディアスはそのあたりを教えてくれない。

『わたくしが客間まで案内するわ』

「じゃあ、荷物を運ぶのを手伝いますね」

ミリアムは、部屋の片隅に置かれていたトランクを持ち上げた。

「よろしくお願いします」

祖母の霊に先導され、皆の私室と同じ階にある客間まで案内する。階段のところで祖父たちがやってきて荷物運びを代わってくれたので、女性陣は途中から手ぶらになった。

部屋に荷物を運び入れたところで、アデラがミリアムのほうをまっすぐに見つめた。

「あの、ミリアムさん。父が失礼な態度で申し訳ありませんでした」

「大丈夫ですよ、あまり気にしていません」

ミリアムは悪意のある相手から嫌われても落ち込んだりはしない。だからドラモンドにどう思われようと、腹が立つことはあっても、傷つかない。

「……私は父の考えになんでも従うつもりはありません。神殿について学ぶのは、必ずあなたの助けになると思います」

「えぇ……と。では、アデラさんにはサディアス様の花嫁になる気はないと？」

「いいえ！　私はそれでも大神殿に恩があり、何度かお見かけして公爵閣下に憧れを抱いております。養女となってからは、それだけを目標に努力をしてきた自負がございます」

「そうですか……」

「公爵閣下とまともに会話をする機会すら与えられないままでは、どうしても諦めきれません。ですが、本当の目的を隠してミリアムさんの教育係を名乗るのは卑怯ですから、はっきりと私の意思をお伝えしたかったのです」

つまり、教育係であり、花嫁の座を争うライバルでもあるという宣言だ。

アデラはあの神官の養女なのが信じられないほど、本当にまっすぐな女性だった。

神殿関係者の年頃の女性は、皆公爵家の花嫁になることを目標として懸命に努力を重ねてきたのだろう。にもかかわらず、突然現れたミリアムがその座を奪っていった。

サディアスはこれまで、神殿側が用意した候補たちの人となりを理解しようとすらしていない。

話をする機会があれば、状況は変わると信じる彼女の機会を奪うのは不公平だった。

アデラが素直で、いい人だとわかるほど、不安は募る。

ミリアムは、アデラから逃げるように部屋に戻った。

(夜になれば……)

昨晩儀式をしなかったのは、ミリアムの疲労を気遣ったせいだ。これ以上中断すれば霊の声が聞こえづらくなる可能性がある。だから今夜は必ずサディアスと一緒にいられる。

そうしてくれないと、胸がざわついて仕方がないのだ。

ところが――。

夜になり、ミリアムが彼の部屋へ向かおうとしたところで、サディアスの側から扉が開かれた。

「……しばらく儀式はしない。ゆっくり休んでくれ」

いつもと違い、サディアスは無表情だった。急に知らない男性が目の前にいるような、そんな錯覚に襲われる。

「突然どうしてですか？　それではお祖母様たちとお話しできなくなってしまいます」

「……母上や父上がいるだろう？」

このまま儀式をせずに数日経てば、先祖の声が聞こえなくなってしまう。グレースとダレンとは会話ができるのだし、霊たちにはミリアムの言っていることは伝わる。たしかに生活に支障はないだろう。

けれど、ドラモンドとアデラがやって来たこのタイミングでの中断には、なにか裏の意味があるのではないかと、彼女は疑った。

「あの……、アデラさんも資格を有しているのですよね？」

「ドラモンド殿の娘か。あれは資格を持っていない。だから君が気にかける必要はない」

「でも。教育係がただの建前なことくらい、サディアス様もご存じですよね？」

ミリアムの不安は、アデラと比較されて、サディアスの心が離れていってしまうことだ。

儀式を中断したら、アデラのほうが霊を見る力があるとすぐに知られてしまう。気にかけるなと言われても、無理な話だった。

「あちらの思惑はどうでもいいんだ。もし神殿関係者が候補になれるなら、とっくに婚姻を結んでいた。そうではないから、私はこんなに長いあいだ探すことになったんだ」

「答えになっていません」

「……しばらくここで暮らせば、諦めて出て行くはずだ。言葉でいくら資格がないと言ってもわからないから、好きにさせておこうと思っただけだ。十日も滞在すれば、彼女が君のようにはなれないとわかるだろう？」

アデラは霊を見る力において、ミリアムより優れている。

いくらサディアスが説明しても神殿関係者が納得できないのと同じように、ミリアムも彼の言葉が信じられなかった。

　サディアスはただ、神殿に関係している女性を妻にするのを嫌っていて、だからまともに話すらしてこなかったのではないか。そう疑っていた。

「アデラさんは私よりずっと、お役目についてよくご存じですし、お祖父様たちの姿も最初の私よりも見えていますよね？」

「君は幼い頃に使い方を教えられなかったせいで、私の補助がないと上手くできないようだ。だが、訓練すればその瞳だけで、お祖父様たちをはっきりととらえることができるはずだ。儀式を中断する理由の一つもそれだ」

　もうなにを言っても、サディアスの中では儀式の中断は決定事項なのだろう。理由の一つがそれだというのなら、ほかにもミリアムには話したくない訳があるのだろう。

　彼のほうから望んではじめたのに、ミリアムがそれを受け入れる気になった途端にやめるのは卑怯ではないか。そんなふうに思って、彼女は無意識に下唇を強く噛《か》む。

「君は、君自身の能力と向き合うべきだと思う。力を制御して、悪しき霊との付き合い方も学んで……。そうしたら、君の世界は広がる」

　サディアスに頼らず、独り立ちしろ。そう突き放されている気がして、ミリアムの心がチクリと痛む。

　悪しき霊との付き合い方を学んで、もし呪いを封じ込めることに成功すれば、もう公爵邸にいる必要はない。そんなふうに言われているような気がしたのだ。

「じゃ、じゃあ……資格を持った人がほかにいたら、サディアス様はどうしますか？」

「私がほかの者を望むなんてありえない。そんなことは考えなくていい。たとえ同じ瞳を持っていても、魂の高潔さは——」

「高潔？　どうしてですか？　私は、お金のために……好きでもない方とあんなことができる女なんですよ！　ふさわしいわけがないでしょう？」

ミリアムには、そんな賛辞など似合わなかった。アデラのほうがよほど、その言葉が贈られるのにふさわしいはずだ。

サディアスの言葉をいくら聞いても、彼の心が離れないという確信にはいたらない。

「家族のため……なのだろう？」

「今だって、アデラさんが綺麗《きれい》で素直な優しい人だから焦《あせ》って……。彼女が私より霊を見る力もあるから、サディアス様の力を借りて優位な立場を守ろうとしているんです。全然高潔なんかじゃない！」

自分が情けなくて、気がつけば瞳にたくさんの涙を溜めていた。

「……ミリアム、落ち着いて聞いてほしい。君が泣いていると、どうしたらいいのかわからないんだ」

彼がすぐにハンカチを取り出して、ぎこちない手つきでミリアムの顔を拭う。彼を困らせているとわかっているのに、透明なしずくは次から次へと溢《あふ》れ、そして頬を伝う。

「早くあなたと仲良くなりたいって思ったら、いけないんですか？　サディアス様だってそう望んでいたはずです」

「あの儀式は、君に愛情を強要してしまう。今がまさにそうじゃないのか？　だから、君の内側にある私の影響が消えたところで、ちゃんと話をしたい」

「……そんなこと」

あの儀式によって、偽物の愛情を植えつけられているのだと言っているような彼の言葉に、ミリアムは反論できなかった。

たった一ヵ月でサディアスのすべてを欲しがるようになってしまった。それが儀式の影響で、強制的に芽生えた感情だと彼は言うのだ。

霊の声が聞こえなくなるという件を除けば、ミリアムのほうに儀式を続けなければならない明確な理由はない。

サディアスに頼らず、己の力と向き合うという目的が与えられてしまったら、それを覆すことは無理だった。

ミリアムが儀式の続行を要求すればするほど、「愛情を強要する」というサディアスの言葉を裏付けてしまう。

自信があるのなら、中断して冷静になった状態で、彼のそばにいたいのだと願えばいいだけだ。

「泣かないでくれ。君を傷つけたいんじゃない。……ただ、守りたいだけだ」

「……わかりました。取り乱したりしてごめんなさい。今日はゆっくり寝ますね。サディアス様の言うとおり、冷静になったほうがいいのかもしれません」

これ以上、なにを言ってもミリアムの言葉はサディアスに届かない。たとえば今、愛しているのだと告げても、力の影響だと思われるだけだ。

だから聞き分けのいいふりをすることだけが、精一杯だった。

「うん。……おやすみ」

サディアスはミリアムを軽く抱き寄せて就寝の挨拶をした。また、くちづけは与えられなかった。

第八章　公爵様と、呪いの真相！

本当は納得などしていないのに、理解したふりをして、明日からも今までどおりに振舞って……。

サディアスとの会話について、思い悩んだミリアムは、なかなか寝つくことができなかった。目を閉じていただけなのか、眠ったのか曖昧なまま、それでもいつの間にか眠ってしまったのだろう。気がつけば、カーテンの向こう側が明るくなっていた。

早起きを心がけている彼女にしては、遅い起床だった。

『若い二人の問題に、親や先祖が口を挟むのはだめね……』

声をかけてきたのは祖母の霊だった。まだ姿や声がはっきりとわかることに、彼女は胸を撫《な》で下ろす。

「心配をさせてしまって、ごめんなさい」

とりあえず着替えて、それからサディアスと気まずくならないように、明るい声で挨拶をしよう。そう心に決めて、ミリアムはベッドから起き上がる。

気持ちが落ち込んでいるせいか、昨晩泣いてしまったせいか、少し身体が怠かった。

そのとき、高い悲鳴が響き渡った。霊の声ではないとしたら、声の主は一人だけだ。

「……アデラさん？　まさかっ！」

ガウンを肩に引っかけた状態で、ミリアムはアデラがいるはずの客間へ急いだ。

女性が早朝から悲鳴をあげる事態は限られる。確信に近い想像で、ミリアムは廊下を走った。

「おはようございます！　ミリアムですが、開けさせてもらいますよ」

早口で宣言してから、許可を得る前に扉を開ける。

ベッドの上では毛布に包まったアデラが、真っ青な顔で震えている。その周囲には、〝エロおやじ〟ことサディアスの祖父が慌てた様子で漂っていた。

『大丈夫、大丈夫じゃ！　ほら、怖くないぞっ』

「お祖父様！」

祖父はミリアムの声に驚いて、天井にめり込むほど跳ね上がったあと、しょんぼりとしながら近づいてくる。

『違う、誤解じゃ！　起こそうと思っただけ……』

「それがだめなんです！　常識で考えてください」

『ただ、起こそうとしただけなのに。……わしが霊だから悪いのかのぅ？』

まるで魂だけの存在であることで、差別を受けているような言い方だった。瞳を潤ませて、理不尽な理由で怒られているのだと主張している。

「目覚めた瞬間、男性が宙を漂っていたら生身だって霊だって怖いですよ。……どちらかというと生身の人間のほうがより怖いですが、霊だからって許されません」

生身だったら祖父はとっくに、犯罪者となっている。

『善意なのじゃが……』

「しつこいです！」

ミリアムは祖父を捕まえようとしたが、その手は虚しく空を切る。霊に触れる力を持っていないからだ。

「レディの部屋ですが、緊急事態のため失礼いたしますよ」

そう言って入ってきたのは、燕尾服《えんびふく》のダレンだった。彼は、祖父だけをじっと見つめて、無駄のない跳躍をして標的を捕まえてしまう。

「まったく……。霊が皆、父上と同じ〝エロおやじ〟であると誤解されたらどうします？　私は死しても、紳士であり続けているというのに」

『ふん！　それはまだ霊として未熟だからじゃろう？　……んぐっ、苦しいっ！』

祖父はがっちりと羽交い締めにされながら、ズルズルと扉のほうへ引きずられていく。

そもそも息をしていないので、彼が本当に苦しいのかはわからないが、霊同士の触れあいは、生きている時の感覚と近いのかもしれない。

「私と父上、霊としての経験は大差ありませんけどね。なんせ私、早世してますから」

そんな会話をしながら、祖父はダレンに連れて行かれてしまった。早世したことを自慢話のように語るのが、いかにもヘイデン家の霊である。

二人が部屋から出て行ったところで、ミリアムはアデラの様子をうかがう。

彼女はまだ毛布に包まり、真っ青な唇を震わせていた。

「アデラさん、おはようございます。大丈夫ですか？　お祖父様……というか、先祖の皆様はなんというか困った方が多いんです。でも、楽しい方々なんですよ？」

「……えぇ、驚いてしまったんです。申し訳ありません。情けないです」

「お顔が真っ青です。かわいそうに……お祖父様は隙あらば覗きをしてしまうので、お祖母様に監視してもらうくらいしか、対策がないんです」

霊たちは皆陽気で、楽しいことが大好きだ。あの儀式を天蓋の外から見守るのも好きで、どうしてもやめられないらしい。

けれど、祖母たちはミリアムが一人でいるときに、祖父が私室や浴室に入ることを禁止している。

彼らの基準では、儀式の見守りはヘイデン家の行く末を案じる者にとって必要なことであり、風呂や着替えの覗きは悪らしい。

「歴代の花嫁様に見守りをしてもらう……ということですか？」

「そうです。きっとお祖母様に相談すれば、承諾してくださると思います」

ミリアムのように、はっきりと拒絶できる性格でなければ、おそらく祖父はつけ上がるだろう。だから、滞在中は祖母の誰かに魔の手から守ってもらう。

妙案だと思ったミリアムだが、アデラは何度も首を横に振った。

「い……いえ。私、他人の気配に敏感でお部屋では一人のほうが落ち着きます。だから大丈夫です。それに、ヘイデン家の霊の方に付き添ってもらうなど恐れ多いです」

「そうですか。困ったことがあれば、いつでもお祖母様かグレース様に相談されるといいですよ」

祖母たちは気配を消すのも上手いから、就寝時は気にならないように配慮してくれるはず。けれど、押し売りはよくないだろうと考えたミリアムは、一旦引き下がった。

「はい、ありがとうございます」

「朝食、食べられそうですか？　支度を調えてから、ダイニングへいらしてください」

ミリアムもまだ、ナイトウェアにガウンを羽織ったままだった。急いで私室に戻り、手早く着替えと洗面を済ませてから、厨房《ちゅうぼう》に行く。

厨房では、十三代目の祖母がオムレツの卵をかき混ぜているところだ。ミリアムは彼女に挨拶をしたあとに、フライパンを熱して朝食の準備を手伝う。

バターと卵のいい香りが、周囲に広がった。

◇◇◇

住人が一人増えたおかげで、ミリアムはサディアスを必要以上に意識せずに済んだ。彼は無口ではないが、会話をしないでぼんやりする時間も苦ではないらしい。

だから、基本的に女性二人で会話を楽しみ、時々彼に同意を求める程度でもギリギリ険悪な雰囲気とはならない状況だ。

「では、今朝の朝食はミリアムさんが作られたのですか？」

「はい、十三代目のお祖母様と私です」

「とても美味しいです。公爵邸で暮らすには、こういったことができる必要もあるんですね？　お料理やお洗濯はあまりしたことがないので、教えていただけますか」

都で暮らす高位の神官は、貴族と同じくらい豊かな暮らしをしている。特別な血を残し、精霊と対話をすることに重きが置かれているので、家事は一切せずに、修行に励むと聞く。

だから、神官の家で育ったアデラは、多くの使用人に囲まれて、料理の経験はないらしい。それを証明するように、彼女の手は柔らかく、水仕事をしていない女性のものだった。

とは言うものの、楽をして暮らしているというふうでもなく、その身分に求められる事柄については努力をしているようでもあった。

「料理はあまり得意ではないのですが、私でよければ喜んで」

実家では大家族ならではの忙しさで、料理の美味しさよりも手際が重視だった。都へ来てからは、仕事のあとに町の食堂に立ち寄るか、仕えていた屋敷のまかないをいただくという暮らしだった。

だからミリアム自身、料理は得意ではない。住み込みで暮らしていた伯爵家の一流料理人の味に慣れているため、余計にそう感じるのかもしれないが。

「公爵閣下は好物などございますか？」

「シチュー」

アデラに対し、サディアスはそっけない。小声で、問われたことに一応答えているだけだ。

「ずいぶんと庶民的でいらっしゃいますね？」

「……ミリアムの好物だ。先日一緒に作ったら、美味しかったんだ」

特別なのはミリアムだけ。彼はアデラを牽制《けんせい》し、大神殿の思惑どおりにならないのだと伝えるために、わざとそう言ったのだ。

サディアスはマイペースだが、すべての常識が欠落しているわけではないので、今の発言で相手がどう感じるかくらいわかるはずだった。

「そうでしたか。では、私にも教えてくださいね？　ミリアムさん」

「はい」

アデラは一瞬表情を曇らせたあと、笑顔を作る。内心、傷ついているのに、態度に出さないようにしているに違いない。

サディアスが誰かにつれない態度をとると、ミリアムとしては心が痛む。けれど、きっと彼がほかの女性を気遣ったら、嫉妬して嫌な感情に支配されるはずだ。

今だって本当は、サディアスが自分を特別扱いすることに、優越感を覚えているのかもしれない。

（……なんだろう？　だんだん嫌な人間になっていくみたい）

サディアスを疑い、アデラに嫉妬し、自身を卑下する。サディアスは、ミリアムの魂が高潔だというが、本当にそんな言葉は似合わない。

「悪いが今日も執務で忙しい。アデラ殿はミリアムに花嫁としてふさわしい知識をさずけ、滞在理由が偽りではないと証明してほしい。……では、先に失礼する」

食事を終えたサディアスが席を立つ。完全に突き放されたわけでもないが、昨日までとも違う。二人の関係は、常に変化ばかりだった。

彼がいなくなったところで、ミリアムはアデラをまっすぐに見据えた。

「アデラさんにお願いがあります」

不安を抱え、負の感情を制御できないミリアムだが、このままではいけないということだけはわかっていた。

「正直に言うと、今の私は霊を見る者としてアデラさんには敵わないと思っています」

「……え？　でも、ご先祖の方々と普通にお話ししていますよね？　私が力についてお教えできることはなさそうですが……」

「ごめんなさい、じつは狡《ずる》をしているんです。使い方を知らないから、サディアス様の力を分けてもらって、それで声が聞こえるようになったんです。ですが、あの方からそれはもうやめて、私の力で見えるようになれと言われてしまったんです」

どうやって力を分けてもらうのか、アデラが知っていたらどうしようかとビクビクしながら、ミリアムは告白した。

狡をしていることは素直に言えても、あの淫らな方法だけは知られたくなかった。

「いいのでしょうか？　そんなことを私に話してしまって」

彼女は、霊との対話能力は、ミリアムのほうが優れていると考えていたはずだ。だが、それはサディアスに借りた力だ。

はっきり言って、ミリアムがアデラより花嫁にふさわしい要素など一つもない。

「アデラさんは嘘《うそ》をおっしゃいませんでしたから……」

もしアデラの父親――ドラモンドに知られたら、余計にミリアムを花嫁候補から追い落とそうとするだろう。けれどアデラ自身はおそらく、正面から競うことを望んでいる。

彼女はまともに会話もしないまま、サディアスが拒絶したことに納得がいかないのであって、ミリアムを貶《おとし》めるつもりはないようだった。

「それで、お願いとは？」

「力の使い方を教えてください！」

サディアスの見立てが本当なら、使い方を知ればミリアム自身が本来持っている能力だけで、先祖と会話が可能なはずだった。

そして、生まれながらにして桁違いの力を持っている公爵家の人々よりも、そうではないアデラのほうが、教師としては適任だ。

彼女は年齢的にも一番若く、制御方法を学んだ頃の記憶も新しい。

「私はあなたの教育係なのですから、それは当然のことだと思います。神殿のしきたりと、力の使い方と……忙しいですね」

こうしてミリアムとアデラはライバルであり、互いに苦手な部分を教え合う師弟関係になった。

◇◇◇

朝食を終えた二人は、日当たりのよいサロンに移動して、さっそく力の制御方法について学ぶ時間を作った。

サロンでは先祖たちが入れ替わり立ち替わり、二人の様子を見守っている。

「いいですか？　まず瞳を閉じてみてください。なにが見えますか？」

「なにも見えません」

言われたとおり瞳を閉じてみても、広がるのは闇だけだ。

「霊の存在を見ている瞳の力は、本来なら暗闇でも機能するはずなんです」

「でも……」

「耳も同じですが、瞳のほうがわかりやすいと思います。あなたは幼い頃からの習慣で、瞳と霊的なものを感じる力を無意識に連動させているのだと思います」

ようするに、今のミリアムは実際になにかを見る力と、霊を感じる力を同一のものとして扱っている。瞳を閉じても霊が見えてしまったら、煩わしくて眠れない。だから幼い頃に、目を開いているときは霊が見えて、瞼《まぶた》を下ろせば見えなくなるという自己暗示をかけてしまったのだ。

「感覚を切り離すんです。そうすれば、霊を察知する力がどこから来て、あなた自身がどうやって制御しているのかわかります」

そう言って、アデラは細長い布を取り出し、それでミリアムの視界を塞いだ。

「この状態で、先祖の方々の気配を追ってください」

ミリアムはサディアスと霊廟《れいびょう》行ったときを思い出す。あのときは、握られた手を通して、彼の力をはっきりと感じた。そしてそれがきっかけとなって、自身の力も感じ取り、瞳を閉じたままでも霊廟の中で起こっている現象を追うことができた。

彼の力を借りずに、自身の内側にある力だけで……。

生まれながらに備わっていて、意識せず使っているものを、あえて気にしながら使うのは一朝一夕でできるものではない。

集中して、見えないが存在しているはずの霊の姿を探す。

じんわりと汗がにじみ、使っていないはずの瞳が疲労を感じはじめた。使うのは視覚ではないとわかっていても、つい目で見ようとしてしまう。

「ふぅ……」

ただ見ようとするだけで疲れてしまい、ミリアムの集中力が限界を超えた。

「どうですか？」

「なにも見えませんでした。心臓を自らの意思で動かせと言われているような、そんな無理難題って気がしています」

「ふふっ、もしかしたらそれに近いかもしれません」

ミリアムは視界を遮っていた布を取る。サロンに差し込む光は強く、一瞬痛いような眩《まぶ》しさを覚えた。

やがて二人の様子を見守る先祖たちの姿が目に入る。目を開けていればこんなにはっきりと見える存在なのに、気配すら感じられなかった。

「先が長そうです」

「私も、一日で出来たわけではありませんよ。……この方法、じつは父が教えてくれたんです」

「え……？」

「そんな顔しなくても。父は昔、力の制御が不得意だったそうで、神官の家系に生まれてかなり苦労したのだとか。それを努力で補ったので、私のように物心ついてから力の制御を身につけようとする者にとって、すばらしい師でもありました」

すぐにアデラが困った顔をする。ミリアムがドラモンドを苦手としていることなど、彼女には筒抜けだった。

今のドラモンドは大神殿でより高い地位を目指すことに躍起になり、公爵家の人々の感情などまるで無視をしている。とくにミリアムには、にらまれるか無視をされるかという記憶しかないのだから、好意を持つなど不可能な話だ。

「努力の人……？」

「……以前は、厳しくも優しい父親だったんです」

アデラはコクリと頷《うなず》いてほほえむが、その笑顔は憂いを帯びていた。厳しくも優しい父親だった……という彼女の言葉は、今はそうではないと認めているようにも思えた。

「さぁ、今の方法は毎日続けることが大切なんだそうです。朝と晩、上手くできるようになるまで毎日必ずやってくださいね」

そう言いながら、アデラは胸の前でポン、と強めに手を打った。この話は終わりという合図だった。

「はい、がんばりますね？　……お祖母様方も、ご協力よろしくお願いいたします」

『お安いご用よ』

「次は、こっちですね」

アデラが机の上に並べられていた本を指差した。革張りの古めかしい本は、公爵邸にあった神学や古語に関する貴重な文献だった。

学ぶことは苦痛ではない。そう思っていたミリアムだが、高く積まれた本と、はじめて見る文字の羅列に、気が遠くなった。

◇◇◇

ミリアムとアデラの関係は良好なまま、一週間が経過した。互いに勤勉なほうだから、教え合うことに苦痛を感じず、ライバルでありながら仲のよい友人になった。

予想していたことだが、ミリアムの霊を見る力は元通りになり、先祖との会話ができなくなってしまった。

先祖たちは身振り手振りで懸命になにかを伝えてくれるし、ダレンやグレースもいるのだから、屋敷での暮らしに不自由はない。

それでも、陽気な先祖たちとおしゃべりをする時間は、娯楽の少ない公爵邸での楽しみの一つだった。

だから、ミリアムは早く力を得ようと必死だった。

必死になる理由は、もう一つある。ミリアムはサディアスから花嫁として認められたいのだ。

あの淫らな行為に溺れたのではない。彼女が溺れたのはサディアスの優しさやぬくもりだった。

彼に頼らず自らの力を制御することで、彼の力に影響されて、それを愛だと錯覚しているわけではないと証明したかった。

だからこの日も、夜寝る前に、目隠しをしたまま庭園に置かれているベンチに腰を下ろし、修行に励んでいた。

春から初夏に季節が変わり、日中は汗ばむ日もあるくらいだ。日暮れ後の庭園の空気は室内よりも少し低く、心を落ち着かせるのにぴったりだった。

無音より、草木のざわめきや虫の声が聞こえるほうが、集中できる。

『……っ……ぐ……ミリ……む……が』

今日も先祖の誰かが修行に付き合ってくれている。目を開けば、ふんわりとしたドレスのシルエットで性別くらいはわかるが、音が不協和音のように頭に響き、聞き取れない。

それでも懸命に音を拾っていくと、断片的に言葉になっていく。

「もしかして、私の名前をおっしゃっていますか？」

それは、突然窓が開いたときの感覚と似ていた。

急に強い風が吹いたように、ミリアムの周囲の空気が変わり、感覚が研ぎ澄まされた。

『サディアスが……呼んでいるわ……ミリアム、さん』

はっきりと祖母の声が聞こえた。サディアスが呼んでいる。ミリアムも彼に話したいことがあった。

自らの力で霊と対話ができたなら、彼への気持ちを打ち明けたい。そう心に決めていた。

目隠しを取ると、周囲にはこの地特有の霧が広がっていた。それでもミリアムの心は晴れ渡っていた。

◇◇◇

ミリアムはすぐにサディアスの私室を訪ねた。

タイをはずし、少し着崩した彼を見るのは、久しぶりだった。部屋に入ると、ソファに座るように促される。

サディアスは立ったまま、一通の手紙を差し出した。

「先ほど、君の実家から届いたものだ」

「ありがとうございます！　きっと私とサディアス様のことですね。あとでじっくり読みます」

イヴィットがリィワーズの実家へ事情を説明に行ってくれた。ミリアムは彼女に手紙を託したので、その返事だろう。

「そうだな」

「サディアス様、今の私はあなたの力の影響下にない状態です」

「うん。君からはもうあの儀式で得た力は感じない」

頭からつま先まで、彼はミリアムをじっくり眺めてからそう結論づけた。

「それでも少しずつですが、以前より霊の姿が見えるようになっています。お祖母様の言葉も、さっきはっきり聞こえたんです」

　ミリアムは儀式に頼らずに自らの力で霊と対話をすることができる、という彼の判断は、おそらく正しかったのだろう。それが完璧な状態となるまで儀式をしないと言われても、ミリアムにはもう不安はない。

　今ならば、本当に心からの思いだと確信して、彼の花嫁になりたいと言えるはずだった。

「そうか。ならば君にはいろいろな選択肢があると思う」

「選択肢、ですか？」

　一方的に大切にされるのではなく、対等かそれ以上の強さであなたを想っていたい。そう告白しようとした言葉は遮られた。

「君のような存在は本当に貴重なんだ。……都の大神殿には特別な力を持つ優秀な神官がたくさんいる。君を花嫁にしたいと望むものはきっと多い」

「それは呪われていなかったら、ですよね？」

　最初に会った日に「私だけが呪われないのだと考えたほうが自然」だと言っていた。大神殿には公爵家と同じように、特別な瞳を持つ聖職者がいる。彼らにも呪いが効かないのだろうか。試したことがないのだから、知りようがない。

「……君の呪いは、呪った本人なら解くことができる」

「本当ですか！　サディアス様は犯人に心当たりがあるのですか？」

　彼は深く頷いた。ミリアムの気分は一気に上昇していく。サディアス個人に呪いが効かないとしても、制御不能の力は危険だ。

「解きたいか……？　その人物に復讐《ふくしゅう》したいと思うか？」

「理由を聞かないとわかりません……。でも、私はそのせいで家族と引き離されました。だから、きっとその人を許せないと思います」

ミリアムがそう言うと、サディアスの表情がどんどん暗くなっていく。呪いからの解放は、公爵家のためにもなるはずだというのに。

「……なら、私を許さなくていい」

静かな声だった。ミリアムは意味が理解できずに、黙り込んだ。

「君を呪ったのは私だ。だから許さないでくれ」

青い瞳がじっとミリアムを見つめる。彼の真剣な表情は、妙に冷たく感じられた。

「なに……言って……。意味がわからない。だって、私が呪われたのは、あなたに出会う前ですよ？」

「君にとってはそうなんだろう。だが、私にとっては違う。子供の頃に君と会って、君が公爵家の花嫁にふさわしいと直感した」

「い、……いや」

嫌だ、言わないで、聞きたくない。そんな逃げたい気持ちはほとんど声にならず、ミリアムの心は凍りつきそうになる。

耳を塞ぎたいと考えても、震える指先が動かない。目を逸らそうと思っても、それすらできなかった。

「ほかの誰にも奪われないように、触れられないように。……あれはそういう呪いだ」

「誰にも……？」

「君を私だけのものにする呪いだ。だから被害に遭うのは男だけだったはずだ。君を魔女にしたのは、私なんだ」

彼女が拒んでも、サディアスの言葉は勝手に頭の中に入ってくる。ミリアムは言われている言葉をしっかりと理解し、彼の話の矛盾点を探していく。

否定したい、冗談だと言ってほしい。そう思いながら必死に探した。

「サディアス様はお役目があるから、遠くまでは……」

ミリアムはサディアスの墓守としての役割を間近で見た。定期的な見回りが必要だと本人から聞いていた。彼が、ミリアムの住んでいたリィワーズを訪れることなど、できはしない。だからきっと、なにかの間違いだ。

サディアスがくだらない冗談を言う人物ではないと知っているのに、嘘だと思いたかった。

「十六年前、君は都の近くにいたはずだ」

それはミリアムの父親が東の国境警備の役割に就いた頃だ。彼女がサディアスを庇《かば》っても、彼自身がそれを否定してくる。

ミリアムを呪い、家族を不幸にした犯人は、目の前にいる青年なのだろうか。

「でも私、あなたに会ったことなんてない……」

十六年前だとはっきり言われても、彼女はまだサディアスのことを思い出せなかった。

彼のめずらしい髪の色は、深く印象に残るはずなのに。

「……君にとってはすぐに忘れてしまうくらいの些細《ささい》な出来事だったんだろう。だが、私にとっては違った。君を絶対に手に入れたかった。私だけが君に触れられると何度も証明してきたのだから、疑う余地はないと思うが？」

淡々と語るサディアスの言葉を否定するのは、もう無理だった。

「なぜ、今まで黙っていたんですか？　……それにどうして今になって打ち明けるんですか！　そんな残酷なことをするのなら、一生騙《だま》し続けてくれたらいいのに！」

「……そうだな、すまない。君が失望するのも無理はないと思う。私が許せないのなら、屋敷を出て行ってもかまわない。君を大切にしてくれる者は、私以外にも大勢いる……」

それは、ミリアムが求めている答えではなかった。彼女は、どんな勝手な理由でもいいから、自分を引き留めるために必死になってほしかったのだ。

けれど彼は言い訳をせず、ただミリアムには別の道もあるのだと告げた。まるで、そうするのが当然だと言うように。

「簡単に言わないで……っ！」

あんなに淫らな行為をして、心に深く入り込んでから真相を打ち明けるのは卑怯だ。なのにどうして彼は急に正直に話す気になったのだろうか。

それを考えていくと、嫌な予想が頭の中に浮かんだ。

「私よりも、ふさわしい人がいるから……？」

本当は知りたくもないのに、ミリアムの口は勝手に動く。

アデラのほうが優秀で、ミリアムよりも公爵家の花嫁にふさわしいのではないか。アデアと一緒に過ごしているうちに、ミリアムは何度もそう感じて不安になっていた。

「以前にも話したが、花嫁候補は一人だけじゃない。だから、君が公爵家のことに責任を感じる必要はないんだ」

ほかに有力な候補が見つかったから、君はもう必要ないという意味に聞こえた。もう彼との関係は終わってしまったのだと、悟るしかなかった。

ミリアムは立ち上がり、彼の顔を殴ろうとした。そうすれば、彼はミリアムに腹を立て嫌いになるだろう。彼が嫌ってくれるのなら、彼女だってサディアスを嫌いになれるかもしれない。

そう考えて力を込めても、手の内側に爪が深く食い込むだけで、彼まで届かない。

ミリアムは握りしめたままの拳を下ろして、彼の部屋から立ち去った。

私室に戻り、枕に顔をうずめて涙を流す。祖母たちがなにかを訴えようとしてベッドの周囲を飛び回っていた。しかし、制御の方法を覚えると感覚を閉ざすのも簡単だった。

なにもかも嫌になった彼女は、耳を塞いで、瞳を閉じた。すると、霊の声が聞こえなくなり、ただの闇が広がった。

第九章　呪いと加護は紙一重でした。

ミリアムは、室内に差し込む光の眩しさで目を覚ます。泣きながら眠ると、ひどい頭痛に襲われるものだ。だから、すぐに起き上がることができず、ベッドの上で丸くなり、毛布にくるまっていた。

普段なら、洗濯をするか朝食の支度をするか、忙しくしている時刻だ。昨晩の出来事を知っている先祖たちは、ミリアムを起こしに来なかった。

もしかしたら、ミリアムが心の瞳を閉ざしていたので、声が届かなくなっただけかもしれないが。

ふと視線を動かすと、白い封筒が目に飛び込んできた。昨晩サディアスから受け取って、それをどうしたのか記憶がない。途中で落とし、先祖の誰かが持ってきてくれたのかもしれない。

サディアスとは終わったのだから、今さら実家からの返事など読んでも仕方がないとわかっている。それでも、母の筆跡が懐かしく、封を切って便せんを取り出す。

『ミリアムへ――。あなたがリィワーズを去ってから、もう七年になりますね。母親である私が、幼い頃に語っていたあなたの不思議な話をもっと真面目に聞いていればと、悔やまない日はありません』

　母の想いは、季節が変わるたびに送られてくる手紙で、何度も語られていることだった。

　父も母も、いつもリィワーズに戻って来いと言ってくれる。彼らは今度こそ本気で守ろうとするだろう。

　大好きな人々が、自分のせいで傷を負うことほど、ミリアムにとってつらいことはない。だから帰らなかった。

『先日、ヘイデン公爵サディアス様の妹君がいらっしゃいました。公爵様がミリアムを花嫁に望んでいるが、霊廟の管理があるため彼の地を離れられず、直接の挨拶ができないのだと聞きました。ですが、高い身分の方からの求婚を、私たちのような庶民が断れるはずがありませんよね？　最初は強要されているのではないかと不安でした』

　イヴィットは婚姻の許可と、支度金の名目で弟たちの学費として十分な額の金品を渡したはずだ。もちろんミリアムは自らの望みであり、公爵家から強要されていないのだとわかるように手紙を書いて、それをイヴィットに託している。

　それでも、両親は公爵家側からの説明を鵜呑《うの》みにすることなく、疑った。ミリアムなら家族のためにそう書くだろうと見抜いていたのだ。

　手紙を出した時点では、たしかにお金のため、実家の弟たちのために契約をしたのだから、母の推測は正しい。けれど今は……。

『妹君のお話では、二人は十六年前に出会い、公爵様が一目惚れをして、ずっと再会を待ち望んでいたというのです。その話を聞いて、私はリィワーズに向かう旅の途中、あなたが確かに〝サディアス君〟という名を口にしていたことを思い出しました』

「私が……？　本当にサディアス様と会っていた？」

『あなたはサディアスという名前の、妖精のような男の子と出会ったと言っていました。そして急に旅立つことになり、彼との約束を守れないと嘆いていました。旅の途中であなたは熱を出し、眠ったまま荷馬車に寝かせて……そのせいで会う約束をしていたという彼と、別れの挨拶すらさせてあげられなかったのです』

父の赴任地が変わり、リィワーズへと引っ越しをしたときの記憶は、彼女の中に確かに存在している。

子供たちの誰か一人が風邪気味だという理由で、いちいち宿に留まっていてはいつまで経っても目的地には着かない。だから、荷馬車に寝かされたまま旅をした。途中の宿場町で熱を出して、ガタガタと揺れる荷台の硬い床が不快だったのは鮮明に思い出せた。

けれど、サディアスのことは思い出せない。彼のようななめずらしい銀髪の少年と出会ったら、絶対に忘れるはずはない。それなのに、彼女にはその記憶はなかった。

『体調がよくなってからも、あなたは少年を気にしていました。それを私が夢だと決めつけて、言葉を封じたのです。だって、あなたが妖精に攫《さら》われてしまうのではないかと心配だったから。人ではない者と約束をしたのではないかと、不安で仕方がなかったの。だから、あなたからその名前が出てくるたびにきつく叱って……』

両親は黒い霧やミリアムだけに見えるものの存在を嫌い、呪いの噂が広まるまで、決して認めなかった。

彼らはミリアムの異能そのものを嫌っていたのではなく、一般的な幸せを望めなくなる可能性に気がついて、それを嫌っていたのだ。

当時のミリアムも、両親が娘を愛しているのだと理解していた。だからそんな両親に心配をかけないように、人ならざる存在の話題を口にしないように注意していた。

それでも子供のときは、なにが普通で、なにが異常なのか境界が曖昧で、よく失言をしてしまう。普段優しい両親が、その件に関してだけ厳しかったのは、いつかあちらの世界に連れて行かれることを危惧したからだった。

『もし、私があなたの望みを真面目に聞いて、少年を探して、きちんと別れの挨拶をしていたのなら、あなたが孤独になることなどなかったのでしょう。不思議な力を持っている公爵家が、あなたを守って、正しい知識を与えてくれたかもしれないのに』

母の手紙を読んでも、約束をしたこともそれを違えたことも思い出せない。けれど、九歳のミリアムが、彼との別れを惜しんでいたことだけはうかがい知れた。

呪った相手を、幼いミリアムは慕っていたのだろうか。本当にあれは呪いなのか、彼女の中で疑問が生まれていく。

『娘を不幸にする不甲斐《ふがい》ない親だと悔やんでも、きっと後悔し続けるのを優しいあなたは望まないのでしょう。母も、父も、今できることはあなたの言葉を信じ、あなたの幸せを願うことだけです。どうか、幸せになってください。今度こそ、あなたの幸福と、私たちの幸福が同じであると信じましょう。――母より』

ミリアムが幸せを――たとえば、両親や弟たちと一緒に暮らす普通の生活を望めば、彼らを不幸にしてしまう。

弟の学費を稼ぐため、自分が離れた場所で働くことが、家族への罪滅ぼしのような気がしていた。

それを家族が望んでいないとどこかで、わかっていたのに。

「あの言葉は本当なの……？　なぜ昔の私はサディアス様に会いたかったの？　呪った相手に騙されて約束をしただけなの？」

サディアスは、条件に合う花嫁を手に入れるためにミリアムを呪ったという。けれど、相手の気持ちなどどうでもいいのなら、騙したままにしておけばよかったのだ。

今になってから、そんな告白をしたのはなぜなのか。呪いを与えたのが子供のときならば、本当に悪気があったのか。約束を破ったミリアムに罪はないのか。

「聞かなきゃ……。ちゃんと言ってくれないとなにもわからないっ！」

ミリアムは母からの手紙を握りしめ、部屋を出る。

罪を告白したときの彼は、まるで泣いているようだった。自分のことばかりで、一方的な被害者だと思い込んで、彼の気持ちをまったく考えていなかった。

本人の意思とは関係なく、好きな相手を傷つけてしまう。それはたしかに呪いであり、ミリアムにも経験のあることだ。

あのときのサディアスの苦しそうな表情が、彼女自身の鏡に映った顔と重なる。

思い返せば彼がおかしくなったのは、アデラが現れた日ではない。霊廟に行った日からだ。あの日、ミリアムは彼女と家族に降りかかった災難を語ったから。呪いを嫌悪する言葉を吐き出したから、彼はミリアムを遠ざけはじめたのではないだろうか。

呪いとはなんなのか——今度は偽りではない、真実を聞くためにサディアスの姿を追い求めた。

◇　◇　◇

サディアスの姿は私室にも、執務室にも見当たらない。ミリアムが彼の姿を探していると、祖父らしき霊がやって来た。

『孫殿なら、いじけて山ごもりでもしているようだ。もしくは、〝呪い〟を解きたくなくて、逃げたのかもしれぬ。まったく、気の小さい男よ』

まだゴワゴワとした不快な音が混じるが、霊の声に徐々に慣れはじめているようだった。

「呪い……かどうか、わからなくなってしまったんです。本当に悪いものなのでしょうか？」

『花嫁殿にとっての善悪は、花嫁殿にしか決められんだろう？』

ミリアムとしては事情を知っていそうな祖父から、正解を聞きたかった。けれど、彼は決して教えてはくれない。それは、サディアスとミリアムがきちんと向き合って解決しなければならないことだった。

『それより困っておる。アデラ殿の様子がおかしい』

「また起こしに行ったんですか？　だめだって忠告したのに」

『ううっ、すまぬ。もう着替えが終わっている時間だと思ったのだ。……いや、実際に終わっていたっ！　じゃが……』

大げさな手振りで言い訳をする祖父を無視して、ミリアムは客間へ急いだ。サディアスと話をしたくても、彼が家出中ならばそれは叶わない。

「何度言っても懲りないんだから」

後ろについて来ていた祖父がブンブンと大きく首を横に振る。それから「あとは任せた」とでも言いたげに、パッと消えてしまう。

「もう！　お祖父様はっ。……アデラさん？　アデラさん……？　入りますよ」

扉をノックしても、返事はない。ミリアムは仕方なく一方的に宣言をしてから、部屋へと入った。

そこには床の上に座り込むアデラの姿があった。唇は真っ青で、額に汗をにじませ、暖かい日差しが入り込んでいる部屋の中で、身を震わせている。

「ど、どうしたんですかっ？」

ミリアムが駆け寄ると、アデラが抱きついてきた。体温が下がっているようで、身体が冷たくなっている。

すぐに彼女をベッドに寝かせるために、ミリアムは一旦立ち上がろうとした。するとアデラがますますギュッと抱きついてきて離れない。

「ごめんなさい……、私……。霊が、……襲って」

「まさか、お祖父様が？　そんなこと……。だってここの霊はみんないい人たちで。いたずらはするけれど、悪い人たちじゃ」

ミリアムは信じられなかった。公爵家の先祖たちは、退屈を嫌い、いたずらをすることはあるが、基本的には善良な霊で、黒い霧とはまるで違う。

けれど、面白がってアデラの部屋を覗いていたのは事実なので、完全に否定することはできない。

よく考えれば、あの儀式を覗き見する行為も、繊細な令嬢なら泣きだしてしまうくらいの悪行だと言える。

「違うんです。……頭ではわかっているんです。小さい頃に私を襲った霊と、ここにいる方々は別だって。悪しきものから、皆を守っているって……。でも、姿は同じに見えます」

「……えっ？」

黒い霧と、先祖が同じ。神が遣わした精霊の子孫があの悲しい存在と同じ。ミリアムはアデラの言葉の意味が理解できなかった。

「私には、違いがわからないんです！　鍛錬して、たしかに霊の存在を鮮明に感じられるようになりました。それなのに、どうしても、善い霊と悪しき霊の判別ができない……。だから、ただ呼びに来てくれたのだとわかっているのに、怖くて……。ミリアムさんが一緒なら平気でも、一人でいるときに声をかけられて……それで私っ」

霊を見る力は視力とは別物、霊は心で見るものだ。それをミリアムに教えてくれたのはアデラだった。

だが、その霊を受け入れられるかどうかは、また違う話だ。子供の頃、何度も霊に襲われた彼女は、ずっと霊が怖かったようだ。まして、霊の善悪の区別がつかないのであれば、どれも同じように恐怖の対象なのだろう。

「だから、最初にお祖父様が起こしに行った日もあんなに怯えて……？」

彼女の背中をさすりながら、ミリアムが問うと、アデラはこくりと小さく頷いた。

ミリアムは先祖の霊が好きだ。アデラが彼らを嫌悪しているのだとしたら、それを悲しく感じてしまう。けれど彼女を責めてはいけないと思っていた。

同時に、アデラが公爵家の花嫁になり得ないことも理解した。公爵家の花嫁は、いずれは魂だけの存在となり、長い第二の人生を送る運命だ。

彼女自身が恐ろしいと感じている存在と、同じになることなど耐えられるはずがない。

もしそうなれば、サディアスもアデラも不幸になってしまう。

「公爵閣下は、私が霊を嫌っているのをご存じなのでしょう。でも、私にはこの道しかない……慣れれば大丈夫だって。思い込もうとしましたが……やっぱり無理でした」

「どうして花嫁になろうと思ったんですか？」

「拾っていただいた大神殿や父への恩返し……そう言い聞かせてまいりましたが、本当は違うのかもしれません。必要とされたかったんです！　父は、少なくとも私にとっては優しかったから……。花嫁になれなかったら、父にとって私が無価値になってしまうっ、そんな気持ちで選ばれるわけないのにっ！」

「アデラさん……」

アデラは育ての親からの期待を背負い、どうしても花嫁になる必要があったのだろう。公爵家の花嫁になれなかったら父と娘という関係のままでいられるのだろうか。

「ごめんなさい、ミリアムさん。不純な動機で邪魔ばかりして」

ミリアムは何度も首を横に振った。彼女自身も、公爵家の花嫁候補になったきっかけは、愛情ではない。たまたまそれがサディアスへの恋心に変化しただけだった。

「私、都へ帰ろうと思います。ちゃんと父と話をして……理解してもらえるかわかりませんが、もう逃げるのは嫌」

◇　◇　◇

本当は霊が恐ろしいのだと告白したアデラを送るため、ミリアムは町までの道を歩いていた。先祖たちはアデラを気遣い、同行する者はなく二人きりだ。

「大丈夫ですよ！　きっとちゃんと話せばわかってくれます。血が繋がってなくても、アデラさんにとってはお父様なのでしょう？」

「ええ……。でも、最近すごく神経質になっていて。とくに公爵閣下がミリアムさんと婚約されたという件を聞いてから、怖いくらいに」

「じゃあ、私は会わないほうがいいですね……。サディアス様が帰ってくるまで、屋敷にいたほうがいいのでは？」

神経質になっているというドラモンドのところへ、アデラを一人で行かせるのは不安だ。けれど、ミリアムが宿まで同行したら余計な怒りを買うだけで、アデラの助けにはならない。

「大丈夫です。父は思いどおりにならないからって、暴力を振るったりはしない人です。神官ですから」

サディアスの帰りを待ってからドラモンドに会ったほうがいいのではないかというミリアムの提案は、否定された。心はもうあの屋敷で暮らすことを拒絶しているのだ。

そのまま町まで続く道を二人で歩いていると、向こう側から誰かがやって来るのが見えた。

「お父様？」

「おぉ！　アデラ。様子を見に来たのだ。公爵閣下とはうまくやっているだろうか？」

長衣の上に外套を羽織った男は、娘の姿を見つけて近づいてくる。相変わらず、ミリアムの存在は完全に無視している。

「お父様、聞いてください。公爵閣下が私を選んでくださることなどありえません。私も、あの場所では暮らしたくありません。……どうか、諦めてくださいませんか？」

「なにを言い出すのだ！　なんのために育ててやったと思っているっ！」

アデラの身がビクリと震えた。おそらくそれは彼女が一番聞きたくなかった言葉だ。彼女は父親の優しさを信じていた。

「お父様だって、あの場所を怖がっていたでしょう？　無理なのです。あの場所で暮らすのも、いつかこの国の守護者として生まれ変わるのも……私には……無理です」

彼女の声が震え、それでも絞り出すように自身の気持ちを父へ伝えた。

「ばかな。拾って、育ててやった恩を忘れたのか！　前の暮らしに戻りたくないのなら、今すぐ戻れ。おまえがこんな女より勝《まさ》っていることを公爵閣下に知ってもらえれば……そうすれば……」

ドラモンドがアデラの胸元を引っ張り、無理矢理屋敷の方向へ引きずる。異様なほどの怒りに怯え、アデラはその場に座り込む。それでもなお、彼女を立たせようと服を引っ張るので、ミリアムは慌てて止めに入った。

「ちょ……、やめてください」

ミリアムが懸命に二人を引き離す。やはりサディアスが帰ってくるまで待つべきだった。公爵邸と町を結ぶ道は、昼間でも人通りがない。誰かに助けを求めるのは不可能だ。

「おまえかっ！　おまえが公爵閣下を誑《たぶら》かしたのだろう。私は必ず、娘を花嫁に……そしいいいて霊廟に！」

ドラモンドのくぼんだ目の奥は血走り、容赦なくミリアムを押し倒す。そのまま馬乗りになって殴りかかろうとした。

「おと……う様？」

「おまえさえ、おまえがいなければっ！」

あまりの事態にアデラも、ミリアムも動けない。殴られることを覚悟して、ぎゅっと目を閉じた。

ドスン、と耳の横あたりでなにかが地面にぶつかる音がした。

「ぐっ、がぁぁぁっ！」

いつまで経っても痛みはなく、馬乗りになっていたはずのドラモンドの悲鳴が聞こえた。ミリアムがそっと目を開けて彼のほうを確認すると、ドラモンドは振り上げていたはずの拳を抱えてのたうち回っていた。

「なに……っ？」

至近距離で、振りかざした拳が狙いをはずすわけがない。これはミリアムの呪いだ。呪いが結果的にミリアムの危険を救ってくれたのは、これで何度目だろうか。

リィワーズを出て行くきっかけになった事件、痴漢に遭ったとき、伯爵邸――そして今も。

グレースやアデラが悪しき霊に襲われたことがきっかけで保護されたのに対し、ミリアムに恐ろしい経験がないのはなぜなのか。

「……まさかっ、もう加護をあた……与えていたというのか……っ！　クソ、クソッ！……ひひっ、ヒヒヒッ！」

「加護？」

呪いではなく、加護。ドラモンドの呟《つぶや》きを聞いて、ミリアムははっとした。今まで起こった現象を振り返ってみれば、その言葉の方がふさわしい。

サディアスはミリアムを守るために、あの〝呪い〟を与えたのだろうか。

「ヒヒッ……むしろ……か」

いつの間にか立ち上がったドラモンドが懐から短剣を取り出し、ニヤリと口の端をつり上げた。目は見開かれたまま、じっとミリアムをにらみつけている。

「そ、そんなことをしても無駄！　私は、離れていてもサディアス様に守られているんだから。あなたは、絶対に私を傷つけることなんてできない」

呪い――加護がどんな仕組みなのか、ミリアムは正確に知らない。無知であることを悟られず、もうドラモンドにはできることはないと思わせるためのはったりだ。

「知っておるわ！　だが……」

ドラモンドが鈍く光る刃を向けたのは、大事に育てたはずの娘だった。

「ひっ！　ど、して……どうしてですか？　お父様」

「黙れ！　この役立たずが。……ミリアムと言ったか？　静かに私に従うのだ。そうでなければこの娘を傷つけるぞ。おまえの加護はおまえに害を為す者以外には作用しないはずだ」

さすがに相手は公爵家を補佐する役職にある神官だった。霊についての、知識だけはあるのだから。

ミリアムは唇をかみしめて、促されるままに立ち上がる。

「私をどうするつもり？」

「霊廟へ……一緒に来てもらおうか。少しでもおかしな動きをしたら、娘を刺す」

「い……痛いっ」

本気だと証明するために、ドラモンドはアデラの首もとにあてていたナイフをすっと引いた。少し遅れて、真っ赤な血で線が刻まれる。義理であっても、娘にこんなことができるドラモンドという男は狂人だった。

「先を歩け、振り返るな。逃げればおまえは一生後悔するだろう」

アデラは表情を失い、人形のようになってしまった。命に関わるような傷ではないが、信頼していた父親に傷つけられたのだから当然だ。

ミリアムが彼女に声をかけようとすると、ドラモンドが少し首を動かして、指示どおり先を歩けと促す。

サディアスも、先祖たちもいない。ドラモンドの目的はわからない。わかっているのは、今のこの男は、ミリアムが逃げ出した瞬間、本当にアデラを手にかけるということだけだ。

ドラモンドの言葉に従う以外、彼女に選択肢はなかった。

◇　◇　◇

ミリアムたちはルーセベルク山に入った。いつもの霧のせいで、視界は悪い。サディアスに出会うことも、先祖の霊が見つけてくれることもないまま聖域に足を踏み入れた。

ドラモンドの目的はわからないが、これがよくない方向に進んでいるのだと、彼女は察していた。

この男の思いどおりにさせないために、ミリアムだけが逃げ出すという方法が何度も頭をよぎる。けれど、そうすれば間違いなくアデラが傷つく。

振り向くなと命じられているせいで、どのような状態かわからないが、アデラは無言だった。もっと悪い事態になる可能性をわかっていても、今ここにいる傷ついたアデラを見殺しにする勇気など、ミリアムは持てなかった。

「なぜ、霊廟に行きたいのですか？」

「聖職者なら初代国王陛下の霊廟に参り、力を授かりたいと思うのは当然だ。だが道がわからなかった。案内人がいないと入れない。……あそこかっ！」

霊廟の入り口である天然の洞窟が見えた。

（道がわからない？　案内人……？）

山への入り口は、公爵家の屋敷のすぐ近くにあり、目印に太い杭《くい》が二本打たれている。山道は公爵家がしっかりと管理していて、よほどの悪天候でなければ迷うことはない。途中で小川や小さな洞窟へ行くための脇道があるが、整備された道を行けば迷うことなく簡単にたどり着く。霧の中、一度訪れただけのミリアムが迷わない程度の場所だった。

ミリアムが同行しなくても、道に迷うとは思えない。だからドラモンドがミリアムに道案内させていることが不思議だった。

「まさか、私がいないとたどり着けないの？　それも加護だというの？」

一行は霊廟へと足を踏み入れる。神聖な力と、邪悪な力が混ざる場所だ。

『クッ、クッ……』

それはドラモンドが発した笑いだった。けれど頭に直接響く、まるで霊たちの声のように聞こえた。

ミリアムが振り返ると、ドラモンドの背中や口から、黒い霧が立ち上っていた。

「悪しき霊っ？　そんな……っ！」

ドラモンドの身体の中には、悪しき霊が存在していた。ミリアムの瞳にはついさっきまでなにも映っていなかったのに。

――わたくしも霊や不思議な現象についてなんでも知っているわけではありません。たとえば、先ほどの悪しき霊も、完全に人と同化している場合には見えなかったりしますの。

イヴィットの言葉が頭に浮かぶ。都で最初に会った日、ミリアムが呪われているはずがないと断言する彼女が、そう言っていたのだ。

つまりドラモンドは悪しき霊と完全に同化していて、ミリアムがこの場所にそれを引き入れてしまったのだ。

「……お父様……？　ど、どうして……」

父親から発せられる恐ろしい力を目の当たりにしたアデラが、バタリと倒れる。

ドラモンドは娘の存在など忘れた様子で、ただ霊廟の奥にある封印の扉を見つめていた。

黒い霧は濃さを増し、この場を包む神聖な力が邪悪なものに押されていく。

「同化してしまう……っ」

どこで得た知識なのかはミリアムにもわからない。ただ、こんなに大きな負の力を穢れに近づけたら、取り返しのつかない事態になると本能で理解した。

ミリアムはとっさに、最奥にある古びた扉の前に立ちはだかった。石でできている丈夫な壁に亀裂がはしる。先日サディアスが綻びを直したばかりなのに、邪悪な力が仲間の存在を感じ取って、植物の蔦《つた》のように伸びてくる。

(初代国王陛下っ、お祖父様、お祖母様……。力を貸してください)

扉に手をあてて、持っているすべての力を流し込む。背後からドラモンドが宿していた悪しき霊の気配を感じた。

あの霊の力よりも、サディアスが与えてくれた加護のほうが強い。そう信じて、目の前の穢れを抑え込むことだけに集中する。

(恐怖はだめ、恐怖は……っ！　くっ、サディアス様、サディアス様、サディアス様！)

蔦のようなものは穢れのほんの一部だ。それでもミリアムよりも、サディアスが与えた加護よりも、その力は強かった。

隙間から這《は》うようにして伸びてきた蔦のようなものが、ミリアムの脚に絡まる。ゾクゾクと悪寒がして意識が遠のきそうになる。

恐ろしいと感じてはいけないのだとわかっていても、無理だ。それでも邪悪な存在をなんとか封印の中に留めようと彼女は必死だった。

初代国王、先祖の霊たちが幾重にも施した守りの力がまだ失われていないのを感じ、それを頼りにして意識を保つ。

(サディアス様……)

何度も彼の名前を心の中で叫ぶ。そうしていないと、心の中にまで穢れが浸食してしまいそうだった。必死に抵抗しても、段々と視界が暗くなり、深淵に落ちていく。

「聞こえているっ！　ここだ、ミリアム」

　焦ったような声が響く。すぐに強い力で引っ張られ、ミリアムは背中にぬくもりを感じた。目の前はまだ真っ暗なままだ。それでも誰に支えられているのかははっきりわかる。急いで駆けつけてくれたのだろう。荒い呼吸と体温、そしてなによりも穢れとは正反対の神聖な力。すべてがサディアスのものだった。

「……ごめんなさい、サディアス様、封印が……」

　五百年という長い歳月、ヘイデン公爵家の先祖たちが人の生から外れてまで守り通したものが、崩れようとしていた。

　悪しき霊に深く浸食されていたドラモンドの異変に気がつかず、ミリアムがこの場所へ引き入れてしまったからだ。

「大丈夫だ。……初代も、むしろいい機会だと言っている」

　サディアスは壊れかけた扉を見つめている。中からはゴー、ゴー、という耳障りな穢れの叫びが聞こえ、初代国王エイブレッドの声は感じ取れない。

「いい機会？」

「うん。さっき私を呼んだように、お祖父様たちを呼んでくれ。君の声にきっと応えてくれる」

　声に出さない呼びかけが、彼には聞こえた。ミリアムが霊の声を聞くのと同じ方法だ。音ではなく、力を遠くまで飛ばして呼びかける。

（……お祖父様、お祖父様。ご先祖の皆様……来てください）

サディアスの名前を心の中で叫んでいたのと同じ気持ちで、ミリアムは祈った。

耳を澄ますと、遠くからざわめきが聞こえてくる。

『花嫁殿、孫殿……っ！　今行くぞ。……これは大変じゃゃ』

普段から声の大きな祖父が、最初に駆けつけてくる。それから先祖の霊たちが次々と霊廟に集まった。邪悪な力の勢いが彼らによって押し戻されていく。

「再度封印するのも面倒なので、滅してしまおうと思います。……精霊の血を引く者がこれだけ揃っているんですから、五百年前と状況は違うはず」

サディアスはなんでもないことのように、建国以来封じていた穢れと全面対決する決意をしていた。

『ほうほう、それもありじゃな。我らに初代ほどの力はないが、相手は徐々に弱っているからな。……子孫が大勢いる我らのほうが有利ということだ』

『大仕事ですこと』

歴代の公爵や花嫁、ダレンとグレース、そしてサディアス。精霊の血を引く者が集まり、大事を成そうとしている。

やがて、サディアスと祖父が古い祈りの言葉を唱え、それが和音となって霊廟内に響く。

最奥にある扉のほうからは、それよりもさらに強い初代国王の力が輝きを放つ。

あまりの眩《まぶ》しさにミリアムは目を伏せた。強い光と様々な者の力が混ざり合い、地面に

足をついているのかさえわからなくなる。

長い時間をかけて、光がおさまると、邪悪な力は完全に消えていた。

「久しぶりに目が覚めたと思ったら、ずいぶんと大仕事になってしまったな？　寿命が百年ほど縮んだ気がするぞ」

崩れた扉から、一人の男が現れる。黒い髪に立派な口ひげの偉丈夫だ。神々しい力をまとい、眠っていたとは思えないほど軽い足取りで近づいてくる。

「うむ、今代の花嫁殿はなかなか勇気があるな！　そなたがあのとき、扉を守ろうとしなければ不意を突かれた我も危うかったぞ」

大きな手がミリアムの頭を撫でた。すでに人ではなく精霊に近い存在だという初代国王エイブレッドは、普通の人間には眩しすぎる。それなのに、目が合うと逸らしたくない——そんな気持ちにさせられた。大人の余裕と色気、そして男らしい強さがにじみ出ているせいだろうか。

「ミリアム、見るな……」

「今代は余裕がない若造だな。我に勝てる自信がないのだろう？」

「そんなことはありません。……私の花嫁は、私を信頼し、あんなに強く名前を呼んでくれたのだから」

「くくっ。……ところで、我が愛しき巫女はどこだ？　……ん？　うむ、都で捕らえられておるのか？」

エイブレッドの青く済んだ瞳がどこか遠くを見据える。それからパチンッと指を鳴らした。するとしばらくして……。

「旦那様！　お会いしたかったですわ」

突然現れたイヴィットが、エイブレッドの首に縋《すが》り付く。エイブレッドはそれを軽々と支えて抱き上げた。

「巫女……？　旦那様？　……イヴィット様は、巫女？」

ミリアムは巫女というのが代々受け継がれる役職だと勘違いをしていた。生身の人間が、突然現れるわけがないのだから、イヴィットも人間ではないのだ。そして、かつて巫女と呼ばれていた存在は、初代国王の伴侶だけだ。

「サディアス様、聞いていませんよ？」

「さすがに驚くかと思ったから、不思議な現象に慣れてから言おうと……」

イヴィットは正確にはサディアスの妹ではなく、単なる血縁だと言っていた。ある意味でそれは間違っていなかった。

実体があり、食事もするが人ではない存在。驚きはするが、ヘイデン公爵家の霊たちを見たあとなら受け入れられただろう。

あと何度、ミリアムはサディアスの説明不足のせいで、ため息をつくのだろうか。

「ひどいですわ！　その男、神官のくせに悪しき霊に取り憑《つ》かれて、わたくしを檻《おり》に閉じ込めたのです……」

イヴィットはかわいらしく頬を膨らませ、気絶している神官をにらんだ。

つまり彼女は都で遊んでいたわけではなく、ドラモンドが宿していた悪しき霊の罠《わな》にはまり、囚われていたのだ。

その霊の気配は、すでに穢れと一緒に消滅している。アデラもドラモンドも気絶しているだけで無事だった。

彼は出世欲に支配され、心に隙ができてしまったのだろう。今までのすべての行動が霊のせい——ということではないが、超えてはいけない部分を超えたのは、邪悪な存在を取り込んだ影響だろう。

「サディアスも皆も、いくら待っても助けに来てくれませんでした。ヘイデン公爵家の母たるわたくしに、なんたる仕打ち！　どれだけ寂しかったかっ！」

彼女の怒りは罠に嵌《は》めたドラモンドだけではなく、子孫たちにも向けられた。

「精霊のくせに、悪しき霊を見抜けないそなたもなかなか間抜けだぞ？　かわいそうに消耗しておる」

「旦那様とこうしていれば、すぐに治りますわ」

イヴィットはエイブレッドの頬に触れ、そのままキスをねだった。三十代中頃くらいに見える男性と少女が戯れる様子は、実年齢がどうであれ直視できない。

「やめよ、恥ずかしいではないかっ！　子供たちの前で」

老人の姿をしている祖父たちでさえ、彼の前では「子供たち」だった。嫌がっているというより、ただ恥ずかしがっているだけのエイブレッドの言葉を無視し、イヴィットは甘えている。

初代国王夫妻の仲睦まじい様子で、恐ろしい出来事の終わりを実感したミリアムは、突然目眩《めまい》に襲われた。

「ミリアム……？」

「平気です。終わったんだと思ったら安心して、……急に力が……」

視界がぼやけ、脚に力が入らない。サディアスが後ろから支えてくれなければ、地面に倒れそうだった。

「今代の……サディアスだったな？　花嫁殿は消耗が激しい。すでに滅したとはいえ、一時は、あの毒のようなものが身体に侵入しかかったのだからな」

サディアスは頷き、ミリアムを抱き上げた。エイブレッドに対抗して「私でも花嫁を抱き上げることくらい簡単だ」と主張しているのだ。

「すまないミリアム。……早く屋敷に戻ろう。私が力を与えればすぐによくなるはずだ」

「力……って、あの……」

どんなふうに力を与えるのか説明のないまま彼は歩き出す。

「本当にすまない。君の純潔を奪うのは初夜の日と決めていたのに」

つまり先日まで行っていた儀式より、さらに二人の関係を進めるということだった。数時間前まで、いじけて姿を隠していた人物だと思えないほど積極的だ。

「悪いと……思っていなそうで、す。……ニヤニヤしてる……」

「していない」

「……してるっ！」

「していない」

五百年前に大陸全土を恐怖に陥れた穢れと戦ったあととは思えないほど、ヘイデン公爵家の人々は陽気で、疲れた顔すら見せなかった。

エピローグ　子供の頃に交わした約束の有効性について考える。

ミリアムの宿していたものはただの力だ。それが呪いなのか加護なのかは、彼女の受け取り方次第だった。

サディアスの話は、嘘ではない。だが〝呪い〟だとミリアムに言ったのは、加護の存在を悪いものだと思い込んでいるミリアムの感情に合わせての言葉だった。

わざと悪く思われるような言い方をしたくせに、そのせいでミリアムから終わりを告げられることを恐れたサディアスは、霊廟に向かう途中の分かれ道から行ける、小さな洞窟に籠もっていたらしい。

そしてミリアムの心の叫びを聞いた彼は、危険を察知し、同時に彼女に嫌われていないことも感じて、自信を回復したのだ。

「……んっ」

ベッドの上に優しく置かれたあと、すぐに服を乱された。ブラウスのボタンはすべてはずされて、シュミーズもはだけている。

邪悪な穢れに触れていた部分は痺《しび》れ、思うように動かない。だからサディアスにされるがままになっていた。

もう儀式ははじまっているというのに、ミリアムはそれだけに集中できずにいる。

「それで、君を守るための力を渡したんだ。……まさか加護にそんな副作用があるとは私も、お祖父様も知らなかった」

「話は、もう……いいの……あぁっ」

一刻も早くミリアムの苦痛を取り除くため、彼は何度もキスをして、豊かな胸に顔を埋めている。ところが時々顔を上げて、加護を与えた十六年前の出来事を説明してくる。

それが効率的だと彼は思っているのだろうが、ミリアムの頭の中には、話の内容など入ってこない。

「だめだ、聞いてくれ」

「それなら胸をいじらない……ん――っ！」

急に胸の頂に吸いつかれて、ミリアムは強く反応してしまう。顔を上げたサディアスがにんまりと笑った。

「もう色づいて、立ち上がっているな。……それで、いくら本人の同意があったとしても、当時九歳だった君が理解していないはずの加護や結婚の約束を急いでしまったのは、やはり罪だ。許してほしい」

「やぁっ、狡《ずる》い……こんなの……ぁっ」

話をしていても、指先の動きは止まらない。卑怯《ひきょう》な行動なのに、ミリアムからはすでに拒絶の意思は失われている。

「だめなのか？」

「違うの……。私も、約束を破ったのでしょう？　それに今もちゃんと思い出していない……だから、許すということではないと思いま……す」

母からの手紙を読み、サディアスの話を聞いても、都合良く十六年前の記憶が蘇《よみがえ》ることはない。たしかに右目の下にほくろがある少年と会ったような気もしたが、サディアスと出会ったことで、ミリアムが作り上げた虚像のような気もしていた。

ただ、加護の特性を理解しないまま大人になってしまったのは、会う約束をしていたのにそれを彼女が違えたことが原因だ。

十六年間、一方的に想って探してくれた彼の誠実さを、今のミリアムは信じていた。

「子供のときの記憶など、私だって印象深い出来事しか覚えていない。遠回りしたぶんだけ、その何倍も君を幸せにする」

サディアスは執拗《しつよう》に胸を弄《もてあそ》ぶ。両手で柔らかく揉《も》みしだき、わざとチュ、チュ、と音を立てながらキスを降らせ、小さな痕を残していく。

「だめ、違う……サディアスさ、ま……それでは……」

「どうした？」

「私が、同じくらい……ううん、もっと強く。あなたを愛したいの……一方的じゃだめです。そうしたいの」

ミリアムには選択肢が用意されている。サディアスの妻になる道、そして加護を消してもらい自由に生きる道だ。サディアスはそれを教えるために、わざとミリアムを遠ざけた。離れたことにより、ミリアムははじめて本気で彼を好きなのだと自信を持って言えるようになった。

「それはだめだ。私は負けず嫌いなんだ」

「あ、あっ、はぁっ……ん」

胸への愛撫が急に強められ、彼の舌が頂を舐《ねぶ》る。その場所はたしかにミリアムが強い快感を得られる部分だ。けれど、ずっとされていると別のところが切なくなる。

一度も受けいれたことはないのに、お腹の下のあたりがキュンとなり、彼を欲しがっている。

「……んんっ、ん」

胸も、お腹の下にも、両方ほしい。しかし、まだ媚薬《びやく》のような彼の力に侵されていないミリアムは、淫らな望みを口にできなかった。じんわりと涙をにじませると、サディアスがそれに気がついて拭ってくれる。

「つらいのだろうか？　もう少し待っていてくれ」

「ちがっ……う。胸ばかりじゃ、……だめ」

脚の痺れはまだ治っていない。たしかに穢れの影響はあるが、今のミリアムを苦しめているのはサディアスだ。伝わらないことで余計に涙が溢れてしまう。

「……ほかの場所がいいのか？　どこがいい？　なんでも言ってくれ」

彼はこういうときにわざと焦らしたり、嘘をつく人間ではない。本当に察していないのだ。言わなければ、ずっと焦らされてしまう可能性が高い。

「うぅっ」

「ミリアム？」

「もう……焦らさないで。……したいです」

サディアスの青い瞳が一瞬、野生の獣のようにきらめいた。乱れて身体を隠す役割をしていない服がすべて剝ぎ取られ、ドロワーズに手がかかる。

まだ触れられていないのに、ミリアムの秘部はきっと濡れている。それを知られるのが恥ずかしく、彼女はぎゅっと目を閉じた。

彼の手が、臀部や太ももを撫でた。ミリアムは期待と羞恥心で脚を震わせながら、そのときが訪れるのを待った。

だんだんと刺激が身体の中心に移動する。先日まで毎晩与えられていた快楽を思い出しながら、感情が爆発しそうになるのをこらえた。

「……あぁっ」

彼の指先がミリアムの花弁をそっとなぞり、クチュ、と音をたてながら浅いところに侵入してくる。蜜を絡め取った指先が、ゆっくりと抜き差しを繰り返しながら奥へ。

「もう溢れている」

わざと音をたてながら、サディアスが内壁を擦《こす》った。

「やっ……」

「感じているのを隠す必要なんてない。私にとって喜ばしいことだから。……やはりこちらが好きだろうか？」

そう言って、急に小さな真珠のような豆粒が押し潰された。

「あっ、あぁっ！　だ、め……っ！」

身体に力が入らないせいで、彼を拒むことが難しい。うまくやり過ごさないと、どうにかなってしまいそうな急激な刺激だった。指の広い部分で擦るように、小刻みな動きが続けられると、敏感な花芽はすぐに腫れてしまう。

「だめじゃないくせに……。やはり君は、ベッドの中だとすぐ嘘をつく」

指の動きはだんだんと速くなり、込める力も少しだけ強まった。

「はぁっ、あぁっ！　おかしく、なる……んっ」

「もっと好きなことがあるだろう？」

サディアスは自らの唇をペロリと舐めてから、濡れそぼつ花園に顔を近づけた。なにをされるかは明らかで、ミリアムの心臓が早鐘を打ちはじめた。

「……んっ、あぁぁぁっ」

ジュッ、と窄《すぼ》まった唇がミリアムの敏感な場所を包み込み、吸い上げた。同時に蜜壺の内部に指が侵入してくる。

不安になるほどの激しい愛撫《あいぶ》だ。彼女はサディアスの頭に手を添えて、髪をぐちゃぐちゃに乱しながら、絶え間なく与えられる快楽に溺れていく。

「はぁ、はぁっ。サディアス、さま……。私、すぐに達して……やぁっ」

ほんのわずかな時間、舌先で愛されただけで、ミリアムの身体は限界を超えてしまいそうだった。

「う、うぅっ」

突然、内壁が押し広げられ、ミリアムは低く呻いた。サディアスが内部をまさぐる指を増やしたのだ。

花嫁修業をはじめてから、何度もその場所には触れられている。淫らな力の影響下にあるときは、敏感な内壁を探られる行為でも、快楽を得ていた。

けれど一本の指しか受けいれてこなかったので、押し広げられる感覚には慣れていない。気持ちよさと圧迫感が同時に与えられ、彼女の頭は混乱していく。

「我慢できなくなったら言ってくれ。よくほぐさないと痛いだろうから」

「は、はい……。だいじょ、うぶ……、あぁっ、あっ」

すぐに舌が戻ってきて、ミリアムの最も敏感な場所をネチネチと舐めあげる動きが再開された。少し苦しいのに、昂りは増すばかりだった。サディアスはミリアムの心地よい場所を本人よりもよく知っているのだから。

「あぁ、もう……だめぇ、だめ！　浮いちゃ……あぁぁぁっ！」

彼の頭を抱え込み、何度も身を震わせながらミリアムはあっという間に快楽の頂に昇り詰めた。花芽から全身に広がるように、ビリビリとした圧倒的な波が彼女に襲いかかり、なかなか引いてくれない。

「指……、あぁっ、苦し、い……あぁっ、だめなのっ」

絶頂を迎えたミリアムの内壁を、サディアスの指が容赦なく責めたてる。内側から温かい蜜があふれ出し、それが潤滑剤となってさらに深いところまで太いものが侵入していく。

もうなにをされているのかもよくわからない状態で、ミリアムは嬌声《きょうせい》をあげ続けた。

「こんなに乱れて、……綺麗《きれい》だ」

はしたない水音と、あえぎ声。顔は汗と涙でグチャグチャになり、美しいはずがないというのに。彼の言葉は、快楽に溺れるミリアムのすべてを肯定してくれた。

「サディアス様、早く……私、はぁっ、はっ……繋がりたい」

「うん。私も待てない」

カチャリとベルトがはずされ、すぐに彼が覆い被さってくる。ミリアムが裸なのに対し、サディアスはシャツのボタンをいくつかはずしただけ。一方的な関係は嫌だと言っても、いつも叶わない。

それでも身体を繋げたら、二人で同じ高みを目指せるのではないかと、彼女の期待は膨らんだ。

「すまない、痛いと思うが耐えてくれ」

サディアスは誰よりも美しい。けれど、その部分だけは妙に猛々しく、何度見ても彼に似つかわしくない。太く、歪《いびつ》なものが蜜口に押し当てられた。

「……んっ、ん――っ！　あぁっ」

蜜にまみれているのに、彼の雄の象徴を受け入れるのは苦痛だった。ミシミシと音がしそうなほど、サディアスが強引に侵入してくる。

「痛い……。あぁ、でも幸せです……やめないで……」

ミリアムはサディアスの背中に手を回し、彼のシャツをきつく握りしめながら、異物が無理やり侵入してくる苦痛をやり過ごす。

わずかに視線を下腹部に向けると、繋がった部分にまだ赤黒い竿の一部が見える。すべてが収まっていないということだ。

「ごめん、君に苦痛を与えるのは最初の一度だけだから。約束する……二度目は必ず夢のように心地よくするって」

「……はい、奥まで来てください。……あぁっ、うっ！」

サディアスが一気に腰を押し進めた。指では届かない奥まで、ミリアムは彼を受け入れていた。

一度入った男根がゆっくりと抜かれ、また奥へ……。

「はっ、はぁっ、……んっ、あぁっ」

あの淫らな儀式のたび、彼女は下腹部に物足りなさを感じていた。簡単に絶頂までたどり着くミリアムだが、それが本物の交わりではないと知っていた。だったら、本当に身体を繋げる行為は夢みたいに心地がいいはずだと期待していた。

けれど、彼女の予想は大きくはずれた。ずっと触れてほしくて疼《うず》いていたはずの場所は、擦られるたびに苦しくて、泣きたくなるほど痛かった。

「すごく狭い……あぁ、かわいそうに。痛むんだろう」

ゆるゆるとした動きをそのままに、サディアスがミリアムの目尻にキスをした。敏感な場所を擦られる独特な痛みは少しもよくならないが、彼の優しさは感じられた。

「あぁ、サディアス様……いっぱいキスがしたいです……そうしたら大丈夫だから」

彼はすぐに願いを叶えてくれる。唇が重なり、すかさず舌が侵入してくる。荒い息づかいも、悲鳴も、キスをしていれば隠せるはずだ。

「ん、んっ、ん！」

サディアスの腰の動きがだんだんと速く、激しくなってくる。ミリアムは拒絶したくなる心を抑え込み、相手のぬくもりだけに意識を集中させた。

痛みの中にも幸福感が生まれる。もっと激しく動きたくて耐えている彼が愛おしかった。

サディアスの表情から余裕が失われ、額に汗がにじむ。眉間にしわをよせて、それでもミリアムが愛おしいのだとわかるように、ほほえんでくれる。

「あぁっ、もっとして……。激しくして。サディアス様が気持ちいいように……っ！」

彼にも快楽を与えたいという気持ちだけで、ミリアムはそう口走った。サディアスは無言のまま身を起こしてミリアムの脚を抱えなおす。

そのまま男根をギリギリまで引き抜いた。

「時間はかけないようにする……」

肩で大きく息をしながら、ミリアムが頷くとすぐに激しい抽挿がはじまった。

「ひゃっ、あぁっ、あぁ、壊れちゃう――っ！」

先ほどまでは彼なりに手加減をしていたのだろう。ミリアムが自身の発言を後悔してももう遅い。一定の律動で、彼女の最奥に猛々しい欲望が押しつけられる。圧迫感のあとにすぐに竿が引き抜かれ、油断しているとまた奥へ……。

彼女は泣きながら、その責め苦に耐えた。サディアスが心地よさそうにしているから嬉しかった。

「……くっ、もう果てそうだ……っ」

「うっ、嬉しいの……。来てほしい、です。あぁっ、ん」

恐怖を感じるほどの激しい動きを数回繰り返し、彼の動きがピタリと止まった。最奥で一気に熱いものが迸《ほとばし》った。

「ミリアム、本当にすまない。……数ヵ月かけてゆっくり進めるべきだったのに」

「……数ヵ月、はぁっ、はっ、なに……？」

ドクン、ドクン、と彼の分身は痙攣《けいれん》を続けながら、数回に分けて精を放ち続ける。

彼がなにを謝っているのか。ミリアムがそれを理解したのは、大量に子種を放たれたあとだった。

「だから、数ヵ月かけて慣らすつもりだったものを、急に受け入れたから。たぶん、今夜は……」

息があがり、火照っていた身体が、さらに熱くなっていく。酒に酔ったときでさえ、こんなふうにはならないだろう。

ズチュ、ズチュ、と男根が再び律動を刻みだす。ミリアムが自身の変化の正体をはっきりと認識したのは、ちょうどそのときだった。

「や、やぁっ、あぁ！　あ、い、達《い》っちゃう……。あぁ――っ！」

ゆっくりとした動きだけで、彼女は突然達してしまった。咥《くわ》え込んでいるものをギュウギュウに締めつけ、さらなる快楽を貪ろうとしている。

「あぁっ、止めて、止めてぇ……」

彼の精を受け入れるとどうなるかミリアムはすでに知っている。そして口で受け止めるよりも、膣《ちつ》で受け止めるほうが強い効果をもたらすという説明もされていた。

思いが通じた喜びのせいで、彼女はすっかりそのことを忘れていたのだ。

「止めたらもどかしくて苦しいはずだ。大丈夫、こうなるのは最初のうちだけだというし、君が喜んでいるその姿を見せてくれたら、私が萎えることはない。公爵家の男は花嫁のために総じて絶倫らしいから。……朝までずっと、君を癒やし続けるから安心して身を委ねてほしい」

「朝までなんて、全然大丈夫なんかじゃない……っ、サディアス様のばかぁ！　あぁっ、あ」

繋がった場所から彼の精とミリアムの蜜が混ざり合ったものがこぼれ落ちる。太ももどころかシーツまでも汚してしまっている。

「二度目は必ず夢のように心地よくすると約束しただろう？　それを守らせてくれ」

サディアスはミリアムの膝の裏に手を入れて、グッと持ち上げた。身体に脚がつくほど折り曲げられる体勢は少し苦しい。けれど、彼の男根がより深く入り込んだ。

「……今日二度するって聞いてないっ！　あぁっ、また。だめ、だめぇぇ」

赤黒い欲望が抜き差しされている様子が、彼女のほうからもよく見える。奥が抉《えぐ》られるたび、生温かい体液があふれだす。思わず目を背けたくなる光景だった。

先程まで苦痛しか感じていなかったのが嘘のように、ミリアムの内側は、快楽だけを感じられるものに変わった。正確には彼によって強制的に変えられてしまった。

「悪しき力の影響は、もう消えただろうか？」

「……あぁっ、そんなのわからない……っ。もう、サディアス様しか。あなたのことしか、感じない……っ」

脚の痺れや気怠さは、もう残っていなかった。代わりに、交わりによる疲労と、どこまでも敏感になった身体だけが残された。

「うん、よかった」

彼の力を与えられたことにより、穢れに触れた部分は癒えたのだろう。けれど、その副作用がミリアムの予想を超えていた。

心の中で「よくない」と叫んでも、身体は彼が与える快楽の虜になり、反論もままならない。

「……んっ、あぁっ、また来ちゃうぅっ。それに、なにか変です！　やだぁ、止めてぇ。本当に、だめ……。はぁっ、はぁ……はぁぁぁっ！」

あの儀式で絶頂を迎えるときと、どこか違っている。それに気がついたときにはもう手遅れだった。ミリアムは再び高みに昇り、同時に繋がっている付近から勢いよく水が溢れた。

奥まで咥え込んでいる彼の剛直を締めつけながら、背中を仰け反らせ、痴態を見せつける。

「う、うそ……。サディアス様もうだめ、本当に、やだぁっ、あぁっ、……ん。ゃぁ」

明らかに蜜でも精液でもないものが、ミリアムの腹部やサディアスのトラウザーズを濡らしてしまった。粗相をしてしまったのだと思った彼女は、まだ頂の余韻から逃れられないまま、泣き出した。

「女性は感じすぎるとそうなるようだから、気にする必要はない。……それは、君が考えているものではなく、潮というものだと思う。どこもおかしくない、ただかわいらしいだけだ」

「うぅっ、でも……こんな身体、もう嫌ぁ……っ！　あぁ、ん」

あの儀式をしばらく中断していたのに、いきなり受け入れたせいで、いつもの何倍も感じていた。いっそ意識を失ってしまえば楽なのに、身体はもっと彼を味わいたくて覚醒したままだ。

「それよりも今は、君を癒やすことが重要なんだ。苦痛に耐える必要はない」

おかしくなりそうなほどの快楽を与えられることが苦しかった。身体の火照りを我慢するのも、発散するのも、どちらも彼女にとっては苦痛だ。

余裕など皆無で痴態を晒す光景を見られるのは、たまらなく恥ずかしい。

「一方的なのは嫌だって、何度も言ったのに……」

「私も気持ちがいいが、それではだめなのか？」

まだゆっくりとした抽挿は続き、ミリアムは肩で息をしながら、何度も頷いた。

「なら、今度は君が私を導くんだ。……ほら、こうやって」

サディアスが腕を強めに引っ張り、体勢が入れ替わる。彼がベッドに寝そべり、ミリアムが彼の上に跨《また》がる格好だ。それから、腰に手を添えて下から突き上げた。

「あぁっ！」

「動いてみるといい。君が気持ちのいいように動けば、私もすごくいい」

「は、はい。……こう、ですか……？　んっ、でもっ、これ……」

真面目なミリアムは、彼に求められるまま腰を動かして、男根に刺激を与えていく。膝と腰を使って身体を持ち上げて、落とす。支えるサディアスの手が、急かすように激しい動きへ導こうとしている。

この体勢では自重のせいで、勇ましい雄の部分が最奥まで届いてしまう。そのたびにミリアムの身体はビクリと跳ね上がり、また自重で奥へ。

「いい……。すごくいい。さっきまで処女だったのに、こんなに感じて、腰を揺らして……っ」

サディアスが眉間にしわを寄せた。苦しいのではなく、余裕がなくなってきているのだ。それを知ったミリアムは、彼を再び絶頂まで導こうと必死に腰を動かした。

「私がこうなったの……は。あなたのっ、せい……んっ、サディアス様もはじめてなのに……、私をこんなにして」

ミリアムが息も絶え絶えになるほど懸命に刺激を与えれば、サディアスも呼吸を荒くし、同じだけ堕ちていく。彼を頂に連れて行く前にミリアムの限界が訪れそうだと察していたが、もはやどうでもよかった。

彼が、ミリアムの無垢《むく》な身体を変えてしまったのだ。繋がる前から、自身の中に心地よくなる場所があることも、彼も同じなのだということも、教え込まれていた。

「サディアス様も、は、やく……もっと、気持ちよくなって……でないと、またっ」

内壁の心地よく感じる場所を自分で探し、太い竿に擦りつける行為が止まらない。しずくになって噴き出した汗がポタポタと滴り、サディアスの肌に落ちる。

「……もう、達《い》きそうだ……。うぁっ」

「ん、あぁ——っ！」

サディアスが精を放つため、再びミリアムを下から突き上げた。その予想しない刺激に耐えきれず、ミリアムがまた昇り詰める。二人で同時に高みを目指す行為がどれほど気持ちのいいものか、きちんと教えてくれる。

内側に彼の迸りを感じ、この上もない幸せな気持ちに満たされて——。

「……すまない、二度目は内部に放ったらだめだった」

快楽の余韻でぼんやりとしていた彼女を、一気に現実に戻す言葉が告げられた。一度受け入れたら何度も快楽の頂を経験しないとおさまらない媚薬が、また中に放たれたのだ。

「嘘っ、ひどい……っ、これじゃあ私、おかしくなって……」

「洗い流そう。浴室へ行こうか。……申し訳ありませんが湯の準備を」

サディアスが誰もいないはずの天蓋の外へ向けてそう言った。まるで、部屋に誰かがいることなど最初から承知しているように。

『なにを言っておる。気の利く祖父は、孫殿のためにすでに準備を整えておる』

祖父の霊は正体を表さないまま、元気よく反応した。

「ありがとうございます。……さぁ、ミリアム」

いろいろな意味で脱力し、身体に力の入らなくなってしまったミリアムを、サディアスがさっと抱き上げた。すぐに、ちょうどいい温度の湯が用意されている浴室に彼女を連れて行く。

彼は秘部を中心に、ミリアムの身体を隅々まで清めていった。

「すまない、次回から慣れるまでは一度だけにするから」

「うぅ……だめ、かき回さないで……」

受け入れた子種を洗い流すために、サディアスが敏感な内部を刺激する。

結局ミリアムは、浴室で二度、ベッドに戻ってさらに三度絶頂に押し上げられた後で、猛烈な眠気に襲われた。

意識を失う寸前、サディアスが額にキスをした。

（あぁ……昔、不思議な森で妖精に……）

これからミリアムが見る夢には、きっと右目の下にほくろのある少年が出てくるのだろう。外套のフードでめずらしい銀髪を隠して、少し偉そうな話し方をする男の子の夢だ。

（今度こそ、夢から覚めても忘れずにいたい……サディアス様）

重くなる瞼に逆らえず、ミリアムは穏やかな暗闇に包まれていく。その闇の先には美しい森が広がっていて、不思議な少年が待っていてくれた。

強がりを言いながら、ミリアムが握った手を恥ずかしそうに握り返す、そんな少年だった。

◇　◇　◇

翌日、ミリアムは起き上がれないほどの疲労で一日寝込むことになった。もちろん穢れの影響ではなく、サディアスが原因だ。

昨日純潔を奪う必要性が本当にあったのか疑問だったが、彼があまりに嬉しそうなので問いただすのは諦めるしかなかった。

ドラモンド親子は、公爵邸に一泊したのち、すでに都への帰路についた。ドラモンドは悪しき霊に取り憑かれた影響でかなり憔悴《しょうすい》していた。一方で、今回一番傷ついたであろうアデラは一晩で回復し、父を更生させるのだと気丈に振る舞っていた。

サディアスのせいで起き上がれなくなったミリアムは、ベッドに寝たままの状態でアデラと別れを済ませた。都とルーセベルクは近いのだから、再会はすぐだと誓って。

「まったく、お姉様をこんなにするなんて拗らせ童貞は恐ろしいですわ」

寝かされているのはサディアスのベッドだ。イヴィットやエイブレッド、先祖の霊たちが次々とやって来ては、今代公爵の悪口を言っている。

サディアスはムスッとしながら、ベッドの縁に腰を下ろして、甲斐甲斐《かいがい》しくミリアムの世話をしている。

「イヴィット様、お姉様というのはおやめください」

「いいんです。だってわたくし、世間では公爵家の血を引く十二歳の巫女ですもの。行事に参加するとき、設定を忘れては困りますので」

彼女は十二歳だと言うが、今このときも夫であるエイブレッドに抱き上げられ、常にイチャイチャしていた。直接彼に触れるのは五百年ぶりということで、それも仕方がない。

「言っておくが、イヴィットは大人の姿にもなれるぞ？　我は変態ではないからな」

ミリアムがなにを考えていたのか察したエイブレッドが、幼女趣味はないのだと主張する。

「エイブレッド様は霊廟にお戻りにならないのですか？」

「あの場所にはもうなにもないからの。穢れを祓うために与えられた我らの力は、そのうち消えるであろうから、その前に最愛の巫女とともに、下界を満喫するつもりだ」

「消える……？」

ヘイデン公爵家の力は、穢れを祓うために神が授けたものだという。悪しき存在がなくなれば、公爵家もその役割を終える。つまり、エイブレッドをはじめとした霊たちの消滅を意味する。

それはいつのことだろうかと、ミリアムは不安になった。霊としてずっと存在し続けるのが幸せかわからないが、仲良くなった先祖たちと今すぐに別れるのは寂しい。不安を察したサディアスが、彼女の頭を撫でてくれる。

「心配する必要はない。まだ力が削がれていく気配など感じないだろう？　きっと百年、二百年後のことだと思う」

サディアスの言葉に、先祖たちが頷く。

「それなら私にも霊としての人生があるんですか？」

「おそらくそうなる。……よかった。君と一緒にいられるときが数十年では短すぎる。すでに十六年分は取り戻せないのだから、いくら詰めこんでも足りない」

「サディアス様……」

「死ぬときは一緒ではないかもしれない。……それでもこの大地から消えるときは一緒だ。私たちはそういうふうに約束されている」

ミリアムは昨晩、長い夢を見た。そのすべてが実際にあった出来事かどうか確証はない。けれど、十六年間たった一人の花嫁を探し続けてくれた彼の気持ちに応えたかった。

夢で見たのと同じように、彼女はサディアスの手を取った。今はもうすっかり大人になってしまった大きくて温かい手だった。

「昔、こうやって手を握ったら、恥ずかしそうに握り返してくれた男の子と、結婚の約束をしたんです。私より年上で、大人みたいな話し方をする子でした」

「……ミリアム？」

「あの約束は、今でも有効ですか？」

答えの代わりに、サディアスは強くミリアムを抱きしめて、離さなかった。

おわり

あとがき

この度は、『墓守公爵と契約花嫁　ご先祖様、寝室は立ち入り厳禁です！』をお手に取ってくださってありがとうございます。

さて、本作は『第3回　ムーンドロップス恋愛小説コンテスト』にて最優秀賞に選んでいただいた作品です。

まずは、審査にあたってくださった関係者の皆様に感謝を申し上げます。

今回のストーリーですが、霊は出てくるけれど、明るいコメディを目指しました。毎晩行われる淫らな儀式を、幽霊のご先祖様たちに覗き見されてしまう、おバカでエッチなお話です。

ヒロインのミリアムは〝結婚できない呪い〟を身に宿しながらも、前向きに頑張る女性です。そしてヒーローのサディアスは〝拗らせ童貞美青年〟という設定です。

ウェブ小説のほうで私が書くお話を読んでくださる読者様は、もしかしたら「日車、童貞とマッチョ好きすぎ」がバレているかもしれません。

ファンタジーだからいいの！　を合い言葉に今後も書き続けたい二大テーマなのですが、じつは書籍のほうで童貞設定を堂々と全面に出すのははじめてです。

それからヒーローをマッチョにしなかったのも、私にしては珍しい……貴重な一冊となりました。

その代わりに、初代ご先祖様がマッチョになっております。

そして、本作のイラストを担当してくださったのは、北沢きょう先生です。

今回、コンテストの募集ページを見て、最優秀賞の担当イラストレーターさんが北沢先生であることを知ってから、プロットを書きました。

応募段階なのに、ものすごく恥ずかしいのですが、北沢先生のイラストで本になったらいいなぁ……という妄想を膨らませ、執筆のエネルギーにしていました。

そんなわけで、夢と妄想が全部叶って、とにかく私は幸せです。

最後になりましたが、担当編集様、北沢きょう先生、編集部の皆様や本作の出版に関わるすべての皆様、読者の皆様に感謝を申し上げます。ありがとうございました。

また別の作品でお目にかかれると嬉しいです！

日車メレ

真宮奏

狐姫の身代わり婚 ～初恋王子はとんだケダモノ!? ～

御影りさ

少年魔王と夜の魔王　嫁き遅れ皇女は二人の夫を全力で愛す
次期国王の決め手は繁殖力だそうです

椋本梨戸

怖がりの新妻は竜王に、永く優しく愛されました。

怜美

身替り令嬢は、背徳の媚薬で初恋の君を寝取る

郵便はがき

料金受取人払郵便

国立局承認

577

差出有効期間
平成29年6月
30日まで

186-8790

(受取人)

東京都国立市北1-7-23

株式会社 今人舎 編集部 行

◆なんでも学シリーズ◆ (B5・上製)

なぞなぞ学 起源から世界のなぞなぞ・なぞかけのつくり方まで	本体1,800円+税	冊
けん玉学 起源から技の種類・世界のけん玉まで	本体1,800円+税	冊
じゃんけん学 起源から勝ち方・世界のじゃんけんまで	本体1,800円+税	冊
鬼学	本体1,900円+税	冊
エジプト学ノート	本体1,800円+税	冊
恐竜学ノート	本体1,900円+税	冊
		冊

◆大人と子どものあそびの教科書シリーズ◆ (B5・並製)

世界のじゃんけん大集合	本体1,600円+税	冊
世界のなぞなぞ・クイズ大集合	本体1,500円+税	冊
		冊

※申込欄に冊数をご記入いただければ、裏面のご住所へ送料無料でお届けします。
上記以外の今人舎の本についてはホームページをご覧ください。

TEL 0120-525-555 FAX 0120-025-555 URL http://www.imajinsha.co.jp/

なぞなぞ学

起源から世界のなぞなぞ・なぞかけのつくり方まで

・・・ご愛読者ハガキ・・・

今後の出版の参考にさせて頂きたく、下記にご記入の上、是非ご投函ください。

ご氏名	（　　　才）
ご住所（〒　　　　　） TEL（　　　　）	
ご職業	

どこでお買い上げになりましたか?

書店では、どのコーナーにありましたか?

この本をお買いになった理由

- たまたま店頭で見た
- 人から聞いた
- 著者のファンだ
- その他

本書についてのご意見・ご感想をお聞かせください